《风雨同舟路——江西宗教界红色故事》编委会

主　任

喻志勇　梅仕灿

副主任

彭　勃　李新华　廖　敏　马哲海

委　员

（按姓氏笔画为序）

万　琴　马徽江　兰祥平　庄养谷　刘星川

李　国　宋　璐　汪　洋　陈　艳　陈雅岚

林剑卫　胡　卓　施莉文　洪跃明　徐国政

唐风春　梅崇军　彭月才　韩传江　程　榕

缪星宇

编　辑

黄　燕　王　莹

核　校

田有煌　李金庚　许　兵

——江西宗教界红色故事

中共江西省委统战部
中共江西省委党史研究室
江西省民族宗教事务局　◎编著
江西省政协民族和宗教委员会

前言

　　江西是一方有着光荣革命传统、丰沃革命精神的红色热土，这里是中国革命摇篮、人民共和国摇篮、人民军队摇篮和中国工人运动策源地，孕育了伟大的井冈山精神、苏区精神、长征精神。

　　红色是江西最亮丽的的底色，最鲜明的文化符号。

　　江西宗教界素有爱国报国的光荣传统，在气壮山河、风雷激荡、波澜壮阔的革命历程中，一大批宗教界人士与中国共产党同心同德、团结合作、共同奋斗，书写了许多与党同心、与国同行的感人故事；一大批宗教场所在革命年代成为许多革命事件的见证者、参与者、支持者，留下了丰厚的红色印记。

　　习近平总书记指出，"历史是最好的老师""历史是最好的教科书，也是最好的清醒剂"。

　　发生在江西宗教界的红色故事有的藏于深处、鲜为人知，有的历经变迁、濒临消失。这些红色故事不应湮灭于历史长河中，而应该永远铭记和传扬。

　　编印《风雨同舟路——江西宗教界红色故事》，正是为了抢救性挖掘保护江西宗教界红色历史，将江西的红色文化与宗教文化相结合，用发生在江西本土宗教界的红色经典故事团结引领宗教界人士、宗教院校师生和信教群众知史爱党、知史爱国。

　　《风雨同舟路——江西宗教界红色故事》的编撰工作涉及大量鲜为人知的历史资料的收集、甄别、核实，复杂性和难度不言而喻。

全省各级统战民宗、党史研究部门、政协组织和宗教团体、宗教活动场所、宗教界人士积极响应、全情投入，在较短的时间内完成了这项光荣而艰巨的任务。

翻开《风雨同舟路——江西宗教界红色故事》，一个个鲜活的人物、一段段生动的细节、一幅幅感人的画面，让我们跨越时空，重温峥嵘岁月，深切感受到江西宗教界拥党爱国的深厚情怀：爱国牧师刘平庚积极支持南昌起义、自慧法师为保护林育英光荣牺牲、佛教徒叶梅庭冒着生命危险掩护邵式平脱险、馨月法师以实际行动支持井冈山土地革命、廖光辉道长送三子参军、基督徒陶贤望英勇抗日献出宝贵生命、施志学道长脱下道袍换上军装抗美援朝……

驱万途于同归，贞百虑于一致。中国共产党自成立起，就重视同宗教界建立爱国统一战线，团结和引领宗教界人士和信教群众为革命、建设、改革事业共同奋斗，走出了一条中国特色的宗教发展道路。党的十八大以来，以习近平同志为核心的党中央高度重视宗教工作，提出一系列关于宗教工作的新理念新举措，党的宗教工作创新推进，取得积极成效。

爱国报国是一切信仰的价值基础。

今天，站在新的历史起点上，我们要继往开来，不断丰富新时代宗教界的爱国主义内涵，激发宗教界爱党爱国爱社会主义热情，深入推进我国宗教中国化江西实践，积极引导宗教界与社会主义社会相适应，为奋力谱写中国式现代化的江西篇章作出新的更大贡献。

本书编委会

赣州

001

吉安
044

★

赣
州

南昌起义部队翠竹山整军

⊙中共安远县委统战部　安远县天心镇人民政府

　　三河坝战役后，朱德率领南昌起义军余部穿越粤闽边界，向湘赣边"穿山西进"。1927 年 10 月 21 日下午，部队到达安远县天心圩（现安远县天心镇大坌村），指挥部就设在天心圩翠竹山佛堂。翠竹山峰峦重叠，因翠竹满山，故而得名。翠竹山佛堂始建于 1915 年，建有三间土木房屋。

　　当时，由于起义部队接连受挫，不少官兵思想动摇，偷偷离队，团以上干部只剩下 3 人。情况紧急，当晚，朱德就叫人通知陈毅到翠竹山佛堂商量下一步的计划。

　　朱德和陈毅是四川老乡，二人并肩作战，配合默契，对彼此的人品和思想情操更是敬佩有加。见到匆匆赶来的陈毅，朱德赶紧递去一碗水，陈毅接过水，咕噜咕噜一口气喝了个精光，然后用手抹了一下嘴巴说："现在麻烦大咯！"朱德说："要想尽一切办法稳定大家的情绪，不然就会前功尽弃。"

　　可是怎样才能稳定大家的情绪呢？两个人思来想去也没有想出一个好办法来。

　　这时，一个小沙弥跑过来，满院子捉一只老母鸡，闹得鸡飞狗跳，陈毅见状问小沙弥："你捉它做啥子哟？"小沙弥回答："捉

翠竹山佛堂

它去孵蛋。"一旁的住持开口了："我说了你就是不听，鸡婆不孵蛋，拗断脚骨也不孵，这个要人家愿意。"

　　说者无心，听者有意，住持的这番话让朱德豁然开朗。他向陈毅提出，自愿革命才能团结一心，要向官兵宣布，愿意留下的继续革命，不愿意留下的发路费可以离开。这个想法得到了陈毅的赞同。

　　暮色四合，天色已晚，勤务兵给朱德和陈毅端来了两碗糙米饭，陈毅连忙问："哪来的糙米？"朱德说："这个佛堂的住持主动借了300斤大米给我们，我给他打了借条。"

翠竹山佛堂朱德旧居

朱德边吃边说，另一个迫在眉睫的问题是指挥权的问题。这支队伍由第九军、第十一军、第二十军三个部分组成，各军军官思想不统一，统一指挥才能打胜仗，要确立一个统一的指挥机构，选出一个最高指挥官。听到这儿，陈毅立即说："就由你来指挥吧，第十一军的工作由我和王尔琢来做，第二十军的工作叫粟裕来做。"在随后召开的主要负责人会议上，王尔琢建议部队由朱德统一指挥。王尔琢的提议得到了大家的支持，朱德临危受命。

10月22日傍晚，部队在天心圩河滩边的榕树下召开了整军大会，朱德提出的"共产主义必然胜利"和"革命必须自愿"两条纲领，让军心得以稳定。

会后，留下的800多人被改编为一个纵队，朱德任司令员，陈毅任政治指导员，王尔琢任参谋长。

经过整顿，部队重新焕发了生机。1928年4月，部队与毛泽东率领的秋收起义军在井冈山会师，成为红军的战斗力核心，开启了中国革命的新征程。

如今，翠竹山佛堂的朱德故居成为红色教育基地，翠竹山佛堂在新的时代焕发出新的生机。

山乡古庙火燎原

◎李明金

1927 年，安远县修田村的杜承预从湖北武汉中央农民运动讲习所学习回来后，在村里开办起光远学校，开展党的地下工作，不久就发展了杜隆奎、杜慕南、杜志煌等 20 多位安远县第一批共产党员，并成立了中共安远支部，在修田、石湾等地开展革命工作。石湾康公庙成为安远早期共产党人活动的重要场所。

石湾康公庙始建于清代同治年间，庙宇宽敞，上有大厅，下有戏台。两侧为走马楼，可容纳 1000 余人。庙宇坐北朝南，庙后有一座矮山，山上古木参天，绿荫如盖。这里山川秀丽，景色宜人。

1927 年初夏，杜隆奎在康公庙主持召开会议，提议由肖明响担任农民协会会长。肖明响任农会会长后，深入农民群众，广泛宣传发动减租减息运动，地主们对农会恨之入骨，于是到县政府告状。7 月 7 日，县靖卫团团长赖良东率领 200 多个荷枪实弹的靖卫团士兵和警察，气势汹汹地来到石湾村，要抓捕农会会长肖明响等人。

正在康公庙开会的三四百名农会会员，一听此事，个个义愤填膺、摩拳擦掌，一声令下、蜂拥出击，那些靖卫团士兵和警察被打得落花流水，狼狈逃窜而去。这是安远农会在党的正确领导下，取得的第一次对敌武装斗争的胜利。

康公庙

　　1930 年 5 月 7 日，红四军在赣南红军第二十三纵队的配合下，攻占安远县城，成立安远县工农兵革命委员会。

　　红四军撤走后，为了保卫红色新生政权，安远县苏维埃政府由何家祠迁到石湾康公庙办公。

　　在中国共产党的领导下，石湾康公庙在安远革命历史上写下了光辉的一页！

　　有对联为证："苏区旧址古庙生辉春夏秋冬人聚首；革命先锋山乡播火东西南北势燎原。"

　　2020 年 10 月，久经风霜、几度被毁的石湾康公庙得到重建。

中共崇义县第一次代表大会召开

⊙林席常

在崇义县杰坝乡长潭村的东山峰上，有座始建于明末清初时期的东山庵。传说东山庵管辖着"三乡（长潭、土坝、白面）九堡一条江（白面江）"的风调雨顺，所以历来香火旺盛。

长潭是崇义县中共党组织的早期活动中心，群众基础较好。1927年12月，中共崇义特别支部干事会在长潭成立。东山庵地处崇义白面、石玉、黄沙、茶滩、过埠，上犹陡水、水岩、营前、梅水等地中心，陆路和水路交通便利，加之地势险要，便于隐蔽，成为党组织活动的首选之处，党组织曾在这里多次召开秘密会议。

1929年7月10日，中共赣南特委指派黄达到崇义巡视，指导恢复崇义县委，协助组织农民起义。为了安全，黄达几经辗转，最后在东山庵落脚。到10月底，全县恢复建立了13个支部，党员发展到900多人，农会会员发展到2000多人。

为了加强对全县革命斗争的统一领导，1929年11月底，中共崇义县第一次代表大会在东山庵召开，上犹、崇义两县150余名党员出席大会。大会决定恢复中共崇义县执行委员会，隶属于中共赣南特委领导，机关设在东山庵。大会决定以长潭为中心，扩大组织，宣传发动群众，组织农民起义，建立革命武装。

这次党员大会以后，各地加紧工作。1930年1月，中共崇义

长潭东山庵遗址

县委派出党员，乘坐小船顺流而下，将革命标语从湖南汝城一直贴到上犹，形成了巨大的宣传声势。

1930年5月6日，茶滩、长潭起义负责人在东山庵开会，决定举行长潭起义。当晚，两支队伍包围了土豪陈必焢家，他们打开陈家粮仓，将仓内80多担谷子分给了农民，同时缴获了30多支长枪、10多支短枪、1箱子弹等。

5月8日，中共崇义县委在东山庵召开群众大会，庆祝起义胜利，县委书记周泰侃正式宣布崇义县暴动大队成立。长潭起义推动了崇义农民革命运动的迅速发展，各地群众纷纷团结起来打土豪分浮财，发展革命武装，建立苏维埃政权，沉重打击了国民党在崇义的统治。

兴国燃起革命烽火

⊙胡玉春　刘繁荣

1927年8月7日，中共中央在汉口召开八七会议，决定武装反抗国民党的反动统治，之后党领导的武装起义风暴席卷全国。由于中共赣南特委遭国民党反动派破坏，中共兴国区委与中共江西省委的联络中断，八七会议精神迟迟没能传达到兴国。

1928年4月，中共江西省委派工农革命军第七纵队党代表曾炳春赴兴国传达八七会议精神。大革命失败后，白色恐怖笼罩兴国，到哪里找一个安全的开会场地呢？

兴国县工会委员长谢云龙找来了工人纠察队队员、印刷工人李化相，李化相推荐了城东10公里外的冰心洞道观，因为那里山高路险、人迹罕至，更重要的是道观的住持是他本家堂叔李嘉湘。

冰心洞位于兴国县长冈乡合富村凉毛崇北侧，是个天然岩窟，因危崖裂隙，悬泉成瀑，坠珠成潭，潭形如心，水汽寒凉，盛暑若冰而得名。冰心洞道观建于山涧旁的崖壁之间，有三官殿、九皇殿、清静观等多处殿堂，其中清静观位于悬空岩石之上，关闭院门，外人无法攀爬窥探，是召开秘密会议的理想场地。

冰心洞道观的李嘉湘道长曾是清末绿营五品顶戴蓝翎千总，晚年解甲归田，隐迹冰心洞道观修行，专注于行医济世，救死扶伤。

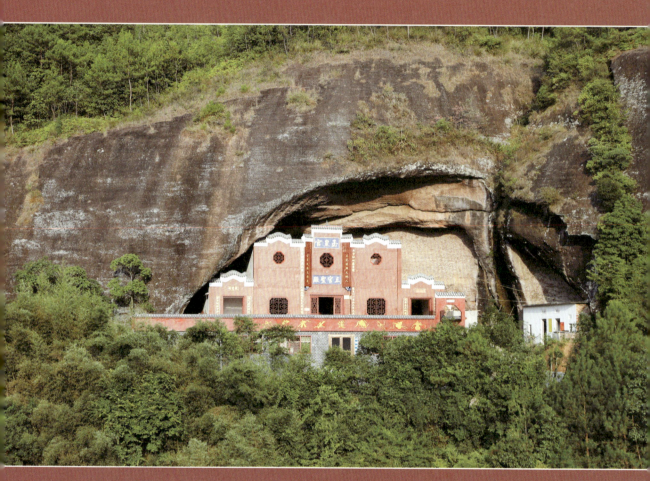

冰心洞道观

李化相来借开会场地，年逾七旬的李道长欣然答应，还领着道士整理打扫，安排桌椅。李化相则担任交通员，秘密通知参会人员。

兴国县党团组织负责人各自借春游踏青为名，陆续来到冰心洞，聚集在清静观内。

中共兴国区委扩大会议如期召开，会议宣读了八七会议的有关文件，传达了中共江西省委要求各地党组织迅速举行武装起义、建立革命队伍、开展武装斗争的指示。会议代表们热烈讨论，认为条件已经具备，决定立即部署兴国城乡武装起义，逐步建立革命武装和红色政权。

夕阳西下，倦鸟归林，参加会议的兴国县党团组织负责人，怀着激动的心情，在夜幕的掩护下，返回各自岗位。

冰心洞会议后，兴国燃起了武装起义的熊熊烈火。中共兴国区委在不到一年的时间内，先后组织领导了崇贤起义、鼎龙起义、县城起义、隆坪起义等，均获得胜利；组建了赣南红军第十五纵队、第十六纵队、新编第四团等革命武装，革命红旗插遍兴国全县，得到红四军前委书记毛泽东的高度赞扬。

如今的冰心洞道观在党和政府的关心支持下，焕然一新，成为兴国县一个重要的道教场所。

从犹崇游击大队到红色独立营

⊙冯　波　钟显平

　　1930 年，毛泽东领导的工农红军在赣南开辟农村革命根据地。5 月，在红军的支援下，以上犹清湖为中心的犹崇武装起义取得了初步成功，后来红军转往南康作战，起义部队继续与国民党反动派开展斗争。起义部队在一次争夺县城的战斗中失利，队员被迫分散转移到深山里隐蔽。

　　根据西河行委的指示，中共犹崇县委决定尽快把隐蔽在深山里的起义部队队员找回来，组建犹崇游击大队，以犹崇边界的深山区为据点，采用游击方式同敌人继续战斗，打击敌人的嚣张气焰。同时，县委选定青庐寺作为游击队的总指挥部。

　　青庐寺，又名青云山寺，始建于明代天启五年（1625），位于上犹县阳明湖水库坝面的青云山上。青庐寺居高临下，视野开阔，进退自如，人员来往简单，是队伍集结的理想之地。

　　但青庐寺的出家人能否同意呢？犹崇游击大队政委周炎决定先去青庐寺摸摸情况。

　　走进青庐寺，只见一位胡子花白的老和尚正端坐在蒲团上，双眼微闭，敲着木鱼，案台上香炉里插着的三炷香正冒出袅袅青烟。听到有人来，老和尚微微睁开双眼，双掌合十：“阿弥陀佛，善哉善哉，

青庐寺

施主有何贵干？"周炎躬身回礼，轻轻道："佛陀大慈大悲，不忍众生苦，我们共产党人正是要将救民于水火见之于行动，想借佛门圣地落脚，召集无畏勇者践行救苦救难。"老和尚听后，微微点头："既来之则安之，阿弥陀佛！"就这样，青庐寺成了游击队员秘密集结地。

此后，隐蔽在各地的队员陆续到青云山集结，犹崇游击大队逐渐壮大，战斗力越来越强，在犹崇边界站稳了脚跟，成了插入敌人心脏的一把尖刀。有行动时，队员们就到青庐寺集合；闲时，则分散以做纸、砍竹木、放排等职业作为掩护，挣取经费。游击队员们声东击西、神出鬼没，国民党反动派和土豪劣绅又惊又怕，惶惶不可终日，多次派出靖卫队"清剿"，却总是找不到游击队的影子。

1931年2月，邓小平率红七军第五十五团从广西百色转战千里来到崇义，当他了解到犹崇地区有一支令敌人闻风丧胆的深山游击队时，立即通过当地党组织联系上了队伍，并帮助他们提高军事能力和政治素养。经过了训练的游击队，战斗力大大提高，被改编为"红色独立营"。

1983年，青庐寺被列为县级文物保护单位。今天的青庐寺，静静地矗立在清静幽雅的阳明湖畔，沧桑古朴，禅音袅袅……

东山上的西河苏维埃改选委员会

⊙冯　波　钟显平

上犹县东山镇东门村的东山上，有座东山寺，寺院始建于宋代，原名慈恩庵。明正德年间，曾在此建有东山书院。

1931年5月，上犹的武装起义遍及整个营前、江口地区，各地纷纷成立工农政权，营前区和江口区苏维埃政府先后成立。

革命形势迅猛发展，为统一对苏区的领导，6月，中共西河分委从信丰迁到上犹营前办公，统一领导河西地区六个县——南雄、大余、信丰、上犹、崇义、南康的革命工作。为贯彻中共西河分委扩大会议要求建立苏维埃政权的精神，分委下设的苏维埃改选运动委员会对河西地区各级革命委员会的改造工作进行指导。

为便于指导改造工作，西河苏维埃改选运动委员会经过研究讨论及现场查看，决定把办公地点设在东山寺。

东山山势陡峭，只有一条路上山，可谓"一夫当关，万夫莫开"，易守难攻，非常利于安全保卫。东山寺居高临下，视野开阔，站在寺前俯视，整个县城一览无遗。寺后则是连绵茂盛的松林，有利于撤退隐蔽。

很快，西河苏维埃改选运动委员会的各项工作紧锣密鼓、有条不紊地展开。白天，苏维埃改选运动委员会的干部们分组深入乡村

东山寺

宣传发动，号召群众积极参加选举。晚上，大家又齐聚寺庙汇总情况、商议问题、研究工作。在摇曳的煤油灯光里，西河苏维埃改选运动委员会的干部们悉心指导着上犹县各级革命委员会的改造工作，指导制定第一次工农兵代表大会选举工作计划，拟定选举宣传提纲，在全县红色区域内，落实相关选举工作事宜。

1931 年 11 月，上犹县第一次工农兵代表大会顺利召开，会议选举产生了上犹县苏维埃执行委员会委员，成立了上犹县苏维埃政府，这标志着上犹苏区正式形成。西河苏维埃改选运动委员会将上犹的成功经验向河西各县推广。东山寺也因这段光荣的历史增添了一抹亮丽的红色。

近年来，东山寺按照"修旧如旧"的原则进行了全面修缮。东山寺发挥模范带头作用，始终坚持宗教中国化方向，高标准建设打造文化长廊，开办了"东山夜话"讲坛，在潜移默化中向广大信众传递"文化认同、爱国爱教"的理念。2022 年，东山寺被评为全省首批"五好"宗教活动场所。

"约溪命令"载史册

⊙胡玉春

兴国县良村镇约溪村位于兴国县和永丰县边界，山险地僻，旧时两县民众因抗旱争夺水源，多次发生械斗，人员死伤无数。相传许真君显灵，平地成溪，普济众生，并约束百姓永不殴斗。百姓感念真君之德，在约溪建设万寿宫祭祀许真君，每年农历八月初一至十五，周围十里八乡民众，必来烧香礼拜，沿袭千年。

1931年8月7日，毛泽东、朱德指挥红一方面军取得莲塘、良村大捷后，乘胜追击，当晚直抵约溪村。毛泽东率总前委驻扎在约溪万寿宫，朱德率总司令部驻村外张氏宗祠。

第二天上午，部队在约溪万寿宫召开讨论下一步作战计划的军事会议，史称"约溪会议"。毛泽东、朱德根据敌情判断，从莲塘、良村败退的国民党军第四十七师、第五十四师，必然星夜逃往北面永丰的龙冈圩，而驻扎在龙冈圩的国民党军周浑元第五师，因为害怕红军追击而再上演一次"活捉张辉瓒"，此时必定军心动摇。机不可失，会议决定9日早晨发动龙冈战斗。午后两点，毛泽东、朱德在约溪万寿宫发布《消灭龙冈之敌的命令》。

当天晚上，到达龙冈附近的红三军送来敌人在龙冈圩星夜抢修工事、企图负隅顽抗的情报。兴国、宁都等地也传来消息，驻扎在

约溪万寿宫

兴国崇贤、方太的敌第十九路军，驻扎在兴国江背洞的敌赵观涛师和驻扎在宁都青塘、兴国古龙岗的敌第二十六路军，纷纷向龙冈圩靠拢，企图在龙冈将红军内外夹击。

根据情况变化，毛泽东、朱德及时调整了作战部署，把攻击龙冈的命令，改为红三军佯攻龙冈，主力奔袭宁都黄陂。

两天后，毛泽东、朱德率领红一方面军突然出现在宁都县黄陂圩附近，国民党军毛炳文部第八师毫无准备，惊恐万分，毛炳文逃往广昌。黄陂战斗红军缴得步枪 3000 余支、机关枪 30 余挺、无线电机 1 架，俘虏敌官兵 4000 余人。

从约溪万寿宫发出的"约溪命令"，为黄陂大捷奠定了胜利的基础，约溪万寿宫也因此永载史册。

山乡电波

◎罗　婧

　　由于中原大战的爆发，国民党军队无力分兵作战，1931 年 9 月初，蒋介石下令"围剿"部队总撤退。得知这一情况，毛泽东、朱德在赣县白鹭福神庙主持召开了红一方面军军团长以上干部会议（史称"白鹭会议"），作出战斗部署，发出向高兴、老营盘之敌进军的命令，并取得胜利，彻底粉碎了国民党军队对中央苏区的第三次"围剿"。

　　福神庙始建于南宋末年，是白鹭古村道教祭祀、文化活动的重要场所。

　　红军总部在白鹭期间，毛泽东、朱德等要求有关人员充分利用跟随总部的 100 瓦大功率电台，尽快与上海党中央秘密电台建立联系。9 月上旬，为减少频繁行动，避免敌机察觉，毛泽东、朱德等率总部机关离开白鹭前往兴国前线时，决定由无线电通讯队长王净、总部电台政委曾三、报务员刘寅等携带总部大功率电台，留在白鹭后方。为使电台传递效果更好，电台人员每天晚上都将发射天线架设在福神庙后山的山顶上，天一亮又将天线撤下来，以免被敌人发现。

　　夜深了，山村里一片寂静，悄无声息。报务员刘寅戴上耳机，坐在机器前，不顾蚊虫叮咬、汗流浃背，轻轻地扭动着旋钮，聚

福神庙

精会神地收听着电波信号。功夫不负有心人，9 月中旬的一天深夜，耳机里终于出现了微弱而又清晰的呼叫声。刘寅急忙拿起笔，将电波信号仔细记录下来，一一核对，与党中央秘密电台的呼号丝毫不差！等对方呼叫完毕，他一边让通讯员去喊王诤队长和曾三政委来，一边开机回答。不料，他回答了一次又一次，对方却没有任何回应。

闻讯赶来的曾三戴上耳机，听着听着，脸上禁不住露出了微笑。只见他将电键稍稍调整了一下，然后"嘀嘀嘀"按动电键拍了三遍，接着开始转动电讯机刻盘。大家屏住呼吸等待着，大约过去了一分钟，收讯机里突然响起了中央电台的声音，"终于与党中央联系上了！"在场的所有人禁不住大声欢呼。天一亮，曾三就派人将有关情况火速报送在前线的毛泽东、朱德等总部领导。

2004 年 12 月，福神庙被列为赣州市爱国主义教育基地，2006 年 12 月被列为江西省文物保护单位，2020 年 12 月被列入江西省第一批革命文物名录。

中央军事政治学校的创办

◎释会云

随着红军队伍的壮大和革命斗争的需要，急需办一个红军学校来提高官兵的政治文化素质。1931年，毛泽东提出，国民党有个"黄埔"，我们就办一个"红埔"，把红军学校办成培养我党军事政治人才的基地。

1931年11月，中共苏区中央局、中央革命军事委员会和红军总政治部在瑞金创办中央军事政治学校，这是中国共产党创办的第一所政治干部学校，萧劲光为首任校长，后刘伯承担任校长兼政治委员。毛泽东、朱德、周恩来、邓小平、任弼时、王稼祥、董必武等经常到学校上课。校址就设在榕灵寺。

榕灵寺原名天后宫，始建于1846年，位于瑞金市象湖镇下半团。榕灵寺坐南朝北，建筑面积约14000平方米，砖木结构，分前、中、后三栋殿堂，左右两侧楼有房屋数十间，后设花园，环境优美，景色迷人。

榕灵寺的法师们和管理人员积极配合学校的建设，为红军学员的学习、生活提供各种便利，他们腾出房间当教室、宿舍，帮助解决课桌、椅凳、炊具、照明等问题。红军学员们也尊重他们的信仰

榕灵寺内景

教规和习俗，双方关系十分融洽。

随着革命形势的发展，学校规模不断扩大。1932 年 6 月，学校改名为"中国工农红军学校"，迁至瑞金上阳杨氏宗祠群。

红军学校立足培养红军各级军事政治干部，为红军输送了大批军政指挥人员，彭雪枫、宋任穷、康克清、程子华、韦国清、邓华、周子昆等从这里走出，为中国革命做出了巨大贡献。这座革命的大熔炉，在中国革命史上留下了光辉的一页。

瑞金市高度重视红军学校旧址的保护修复工作，2005 年榕灵寺中央革命根据地纪念馆被正式列入红色旧址保护单位，成为爱国主义教育基地。

砖木小楼见证宁都起义

◎沙　涛

　　1931 年 12 月，在赣南宁都县，爆发了土地革命战争时期国民党方面规模最大的一次起义——国民党第二十六路军 1.7 万余名官兵响应中国共产党的号召，投身红军，这就是震惊中外的"宁都起义"。

　　这场起义的"重头戏"，是在一栋牧师楼里上演的。

赵博生

　　这是一栋两层半的砖木小楼，位于宁都县梅江镇沿江路 4 号，毗邻梅江河。它原本是德籍牧师邰亚当的住宅，是民国时期当地少有的西式罗马建筑，被宁都本地人称为"牧师楼"或"洋房子"。

　　1931 年春，国民党第二十六路军受命来江西"围剿"中央苏区。"围剿"失败后，第二十六路军退守宁都，总指挥部就设在牧师楼。

　　12 月 14 日傍晚，蒙蒙细雨中，牧师楼正举办一场特殊的"宴会"——国民党第二十六路军参谋长赵博生以"宴请"的名义召集团以上军官开会。此时的赵博生，还有一个秘密身份，那就是一名有着两个月党龄的中国共产党党员。

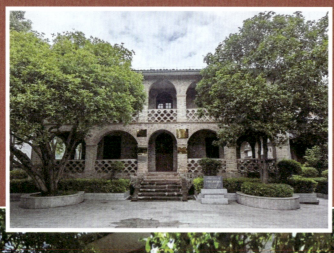

宁都牧师楼

受红军反"围剿"胜利和抗日反蒋热潮的持续影响，第二十六路军广大官兵对蒋介石对外不抵抗、对内"剿共"和消灭异己的反动政策日益不满。在中革军委的指导和中共地下特支的策动、组织下，第二十六路军参谋长赵博生，旅长季振同、董振堂和团长黄中岳等人，经过秘密策划，决定趁第二十六路军总指挥孙连仲和第二十七师师长高树勋不在部队的时机，采取果断措施，宣布起义。他们在牧师楼宴请团级以上军官，除第二十五师师长、代总指挥李松昆托病未到外，其余留在宁都的旅长、团长悉数到场。

牧师楼里，赵博生宣布：全军起义加入红军。听到这个消息，在场的人反应不一：大多数军官表示拥护，也有军官震惊得不知所措，还有个别企图反抗的军官，当场被解除武装并控制起来。起义进展得很顺利，起义军控制了全军的三部电台，切断了通往各地的电话和交通线路，解除了第二十五师师部武装，李松昆潜逃。至 14 日深夜，宁都起义取得完全胜利。

1938 年底，毛泽东在延安接见了参加宁都起义的部分同志，与大家一起合影留念，并在照片上题词："以宁都起义的精神用于反对日本帝国主义，我们是战无不胜的。"

中华人民共和国成立后，宁都起义的参加者中走出了 30 多位将军，还有 10 多位省部级领导。

1988 年，宁都起义指挥部旧址被公布为第三批全国重点文物保护单位。如今的牧师楼，已经成为爱国主义教育基地。陈列室的墙上悬挂着当年起义部队实施起义及城防、行军作战的实景图和示意图，让人仿佛重新回到了那个硝烟弥漫的战争年代。

红五军团秋溪整编

⊙邓亮辉

　　罗云禅寺位于石城县赣江源镇秋溪村西水口罗云山上，俗称罗云山庵，距石城县城 30 公里，具有悠久的历史。据传宋代此地即建有道场；明万历年间建先天道场，常年有道士在此修炼学道；清末，秋溪人赖万宫及其教友三人到此，改观为庵；1935 年，秋溪村人、佛门曹洞宗名僧释道炳自福州鼓山归来弘法，于此建佛堂，更名为罗云禅寺。

　　1930 年冬，蒋介石命令国民党第二十六路军开赴江西，对红一方面军和中央苏区进行"围剿"。到 1931 年 9 月，国民党军对中央苏区的第二、第三次"围剿"均告失败，第二十六路军溃退到广昌后，又被蒋介石强迫折回，留在宁都驻守。

　　九一八事变后，全国人民抗日反蒋浪潮高涨，红军第一、第二、第三次反"围剿"取得节节胜利，以及苏区的巩固扩大，给第二十六路军官兵留下深刻印象。军参谋长赵博生、旅长季振同、董振堂等爱国将领开始酝酿寻找抗日救国的新出路。中共地下特支因势利导，根据中共中央指示，在官兵中发展党员，秘密进行起义的宣传工作。

　　为了支援国民党第二十六路军起义，1931 年 12 月，毛泽东、

罗云禅寺

朱德、周恩来、萧劲光等人从瑞金来到石城县秋溪村。因罗云禅寺地理位置独特,不易被敌人发现。中央军事临时指挥所设在寺内的"西归堂",并在这里召开会议,讨论国民党第二十六路军在宁都起义后前往秋溪整编等事宜。

会议决定以红四军支援国民党第二十六路军在宁都起义,地方党政组织动员人民群众做好热烈欢迎起义部队前来秋溪的工作,在秋溪、龙冈一带开设 5 个临时医院。

1931 年 12 月 14 日,在中国共产党的组织下,赵博生、季振同、董振堂等率领国民党第二十六路军 1.7 万余名官兵举行宁都起义,并取得成功,国民党第二十六路军改编为中国工农红军第五军团。12 月 17 日,红五军团到达石城秋溪进行整编。

红五军团先后参加了赣州、漳州、南雄水口和中央苏区第四、第五次反"围剿"等战役和战斗,战功卓著。长征途中,红五军团负责掩护中央和军委纵队转移,赢得"铁流后卫"称誉。1935 年 6 月,红五军团改编为红五军,同年 11 月编入西路军。

《对日战争宣言》的诞生

⊙释耀融

在红色故都瑞金，距叶坪谢家宗祠——中华苏维埃临时中央政府所在地 2 公里的地方，有座东华山，这里松柏青翠，地势较高，素有"夏登东华热气顿解，冬上东华顷刻暖和"之说，是一个休养胜地。东华山上有一座始建于宋代的古庙——东华山寺，1932 年春，时任中共苏区中央局委员、中华苏维埃共和国中央政府主席的毛泽

东华山寺

东，经中共苏区中央局批准，来到东华山寺休养。

东华山寺殿堂比较大，殿堂两边各有一间厢房，毛泽东在大殿的左厢房一住就是一个多月。在这段时间里，他暂时抛开了烦冗的党政军务。他给警卫班战士上文化课和时事课；他接待来访群众，调查研究；他密切关注日本帝国主义对中国的侵略动向，静下心来分析国内革命战争的发展形势以及风云变幻的国际局势。

面对日本帝国主义的铁蹄，面对国民党的软弱与无能，毛泽东深刻认识到，中国共产党要秉持民族大义，自觉担负起民族救亡的历史重任，领导全中国的工农劳苦大众高举抗日旗帜，凝聚起反抗日本帝国主义侵略的伟大力量。

经过深思熟虑，在东华山寺那逼仄的厢房里、简陋的书桌上、昏暗的灯光下，毛泽东奋笔疾书，起草了《中华苏维埃共和国临时中央政府宣布对日战争宣言》（以下简称《对日战争宣言》），宣布"中华苏维埃共和国临时中央政府特正式宣布对日战争，领导全中国工农红军和广大被压迫民众，以民族革命战争，驱逐日本帝国主义出中国，反对一切帝国主义瓜分中国，以求中华民族彻底的解放和独立"。毛泽东在《对日战争宣言》中还初步提出了建立统一战线进行抗日战争的思想。《对日战争宣言》在中华苏维埃临时中央政府机关报《红色中华》发表，表明了中国共产党的抗日主张和立场，也代表着中华民族、中国人民的呼声，得到了最广大人民群众的拥护和支持。

此后，在中国共产党的领导下，在《对日战争宣言》的号召下，中央苏区抗日救亡宣传日益深入。《对日战争宣言》坚定了中国人民战胜日本帝国主义的信心，鼓舞了士气。

作为《对日战争宣言》的诞生地，东华山寺也因这段光荣的历史载入史册，被列入赣州市文物保护单位，成为瑞金市重要的爱国主义教育基地。

大埠村里开大会

⊙杨久平　李雅健

1933 年 9 月底，蒋介石调集百万兵力对中央革命根据地进行第五次"围剿"。为研究部署反"围剿"斗争，中共中央决定召开六届五中全会。出于安全考虑，负责会务的同志将会议地点选在瑞金沙洲坝大埠村村头的福主庙。

当时，福主庙周围已先后有了红军兵役站、马克思共产主义学校（现中央党校前身），中央军委离福主庙也不过几里地。

福主庙始建于 1879 年，建有三间土木房屋，系一道教场所，供奉着玉皇大帝、神农大帝、三官大帝和许逊真君、慈航真人等神像。

这个坐落在黄竹堪下茂密的古樟林中的小庙，很不起眼。福主庙的住持廖光辉道长医术高超，性格豪爽，而且非常认同共产党的主张，所以中央决定这个重要的会议放在福主庙召开。

为确保会议圆满召开，廖光辉当即决定暂停所有道务活动，发动信众对庙内环境卫生进行全面清理，腾出主殿和偏房，搭建临时用房，组织庙内人员和信众布置会场、烧水做饭，做好后勤服务保障。

1934 年 1 月 15 日至 18 日，中共六届五中全会如期在福主庙召开。这是中共中央在苏维埃时期召开的一次重要会议，也是中共中央在苏区时期召开的唯一一次中央全会。会后，中央领导亲切接

瑞金沙洲坝中共六届五中全会会址

见了廖光辉等人，感谢他们为会议召开做的一切。

在中共六届五中全会召开前后的几个月里，董必武、杨尚昆等中央和国家机关领导同志还先后在福主庙工作和居住过一段时间，福主庙上下在廖道长的精心组织安排下，圆满完成各项生活保障任务。

第五次反"围剿"战斗中，受"左"倾错误路线影响，红军伤亡惨重。福主庙积极掩护红军，廖光辉道长冒着生命危险收治伤员。药品紧缺，他就率众上山采草药，为战士疗伤治病，辅助红军战地医院救治了大量伤病员。

2012年4月，为响应政府规划拆迁需要，福主庙整体搬迁至离原址不远的大埠村十公潭河边。2018年3月，中共六届五中全会旧址按原貌恢复至瑞金中革军委旧址群，并被列入江西省文物保护单位。2019年6月，福主庙更名为玉皇观，入选全省首批"五好"宗教活动场所。

廖家三子参军

○杨久平　李雅健

在瑞金中央革命根据地纪念馆，有一块展板，专门展出廖世湖、廖世沂、廖汤生三兄弟的英雄事迹。他们的父亲就是瑞金福主庙的住持廖光辉道长。

廖光辉道长世代居住在沙洲坝，曾祖父廖辉是明末清初爱国名将。廖光辉身材高瘦，脸庞黝黑，为人耿直，性情豪爽，他不仅弘法传道，勤习武艺，还精通医道，悬壶济世，在十里八乡很有威望。

1934 年中央红军长征前夕，一场轰轰烈烈的扩红运动在苏区展开。廖光辉和妻子商量，把三个儿子都送去当红军。妻子万分不舍，提出能不能让小儿子留在身边，廖光辉劝妻子："我们廖家也算将门后嗣，精忠报国是廖家的家风，传承家风是我们的使命，要顾国家舍小家啊！"

在廖光辉的开导下，妻子终于同意了。当夫妻俩领着廖世湖、廖世沂、廖汤生三个儿子来到红军应征现场时，红军首长有些惊讶，握住廖光辉的双手说："感谢你深明大义把三个儿子送上前线，但是，按照部队征兵政策，独子免兵役，二丁抽一，三丁抽二，你一定要留下小儿子在身边！"可廖光辉却斩钉截铁地说："首长，我们廖家有祖训，男儿当精忠报国，你就成全我的心愿，让三个儿子都参

廖光辉长子廖世湖塑像

加红军吧！"在廖光辉一再坚持下，三个儿子终于全部参加了红军。

廖光辉送子参军的壮举深深感染了大家，在他的影响下，当地涌现了许多妻送郎、母送子、父子兄弟齐参军的动人故事。但谁也没想到，在湘江战役中，廖光辉的三个儿子全部英勇牺牲，最小的儿子牺牲时年仅 15 岁。

得知三个儿子全部牺牲的消息后，廖光辉悲痛不已，但他的革命信念并没有一丝动摇。

中央红军离开根据地后，国民党反动派立即疯狂反扑，廖光辉一家也惨遭敌人残酷报复。面对"还乡团"的百般刁难、严刑拷打，廖光辉大义凛然、宁死不屈，最终被迫害致死。

廖光辉道长和三个儿子的英雄事迹在红都瑞金广为流传。2019 年 6 月，福主庙更名为玉皇观。近年来，玉皇观秉持福主庙红色文化渊源，接续老住持廖光辉道长光荣革命传统，将红色文化融入道教思想中，引导信教群众爱党爱国爱社会主义，让红色基因代代相传。

"长征第一山"云石山

⊙赖仕亮

1934 年 7 月，中央苏区第五次反"围剿"战争最为激烈的时刻，驻扎在瑞金沙洲坝的中央机关被敌人发现，不断遭到飞机轰炸，为安全起见，中华苏维埃共和国中央领导机关（临时中央政府）从沙洲坝迁移到较为隐蔽的云石山，并分散在就近的各个村庄，临时中央政府就驻扎在云石山上的云山古寺里。

云石山位于瑞金城西，山高不过百米，方圆不足 1000 平方米，因远看如云似霞，故名云石山。山上有一座始建于清嘉庆年间的古寺，名为云山古寺。古寺为客家建筑风格，三合院呈半工字形的平房布局，正中是佛堂，佛堂两侧有厢房。当年在云山古寺居住和办公的有中央执行委员会主席毛泽东、中央人民委员会主席张闻天以及部分工作人员。云山古寺的住持骆能法师腾出了寺内最好的房间，毛泽东住在三合院里的左厢房，隔壁住着张闻天。

古寺后面有一棵树龄 500 多年的大樟树，树根旁放着两只青石圆凳，毛泽东和张闻天常常在这里促膝长谈。张闻天比毛泽东小 7 岁，曾留学苏联。两个人在云山古寺敞开心扉，打开隔阂，思想一步步靠拢，心一步步贴近。

张闻天后来这样回忆他与毛泽东开始"接近"的过程："我同

瑞金云山古寺

　　毛泽东同志所以能够在长征出发前即合作起来，除了我前面所说的种种原因外……记得在出发前有一天，泽东同志同我闲谈，我把这些不满完全向他坦白了。从此，我同泽东同志接近起来。"两人相互交流、沟通，毛泽东向张闻天剖析红军第五次反"围剿"失利的真正原因以及王明"左"倾路线对党的危害，张闻天深有同感。通过交谈，张闻天对毛泽东愈加了解，也更加敬重。他认为毛泽东的可贵之处在于他不照搬书本，不照搬外国经验，而是在中国的国情中寻求解决问题的正确方法。从坦诚的相交到相知，张闻天的思想发生了很大的变化，他改变了对毛泽东的看法，这可以说是他后来在长征途中明确支持毛泽东，最终形成新"三人团"（周恩来、毛泽东、王稼祥）取代原"三人团"（博古、周恩来、李德）的前奏。

　　由于中央苏区第五次反"围剿"失利，1934年10月10日，编入军委第一、第二野战纵队的中央机关齐聚在云石山的路旁，与当地群众洒泪告别，开始漫漫长征路，云石山也因此被称为"长征第一山"。

　　云山古寺旧址于1960年修复并对外开放，2006年被列为全国重点文物保护单位，现已成为红色旅游胜地，每年有数万游客从全国各地前来参观学习。

长征前后的中共赣南省委

◎于都县民族宗教事务局

1934年7月下旬，中共苏区中央局决定划粤赣省辖的于都、寻乌、门岭、登贤、信康赣、兴(宁)龙(川)和苏区江西省辖的杨殷、赣县等县，单独设立赣南省。7月底，中共赣南省委在于都县城成立，下设组织部、宣传部、白区工作部、妇女部。钟循仁任省委书记，罗孟文任组织部长，潘汉年任宣传部长，张瑾瑜任白区工作部长，刘莲仔任妇女部长。中共赣南省委机关驻于都县天主教堂。

于都县天主教堂位于县城内，建成于清光绪年间，青砖墙、灰瓦面，砖木结构，占地面积251平方米。

中共赣南省全省人口约40万，面积5000平方千米。赣南省设立后，根据中共中央和中华苏维埃临时中央政府部署，中共赣南省委、省政府和军区领导全省人民开展筹粮筹款、扩红支前、坚壁清野等工作，发布过许多通令和指示，不定期出版了机关刊物《赣南省委通讯》。

1934年10月，红一方面军从中央苏区突围长征后，中共赣南省委转移到于都南部地区坚持游击斗争。12月下旬，钟循仁调任中共闽赣省委书记，由阮啸仙继任赣南省委书记。1935年3月上旬，中共赣南省委率领赣南省红军从于都南部上坪山区向赣粤边区

于都县天主教堂

突围，被国民党军队打散，省委书记阮啸仙牺牲，省军区司令员蔡会文率少数人员突出重围到达赣粤边区，与中共苏区中央局领导人项英、陈毅会合。至此，中共赣南省委解体。

中共赣南省委为中央红军在于都集结休整、补充兵员和物资、顺利渡河，为突破国民党军队设置的第一道封锁线和取得长征胜利做出了重要贡献。

1982 年，于都县天主教堂被列为县级文物保护单位。1987 年，被列为为省级文物保护单位。2006 年 5 月，于都县天主教堂中共赣南省委旧址作为中央红军长征出发地旧址之一被国务院公布为全国重点文物保护单位。

如今的于都县天主教堂作为于都县唯一一座天主教堂，是全县天主教徒开展宗教活动的重要场所，也是于都县天主教爱国会所在地，更成为弘扬长征精神，开展爱国主义教育的重要阵地。

中共赣粤湘边特委反"清剿"

⊙林席常

赤水仙又名华峰仙，位于崇义县西北，山势高峻，直插云层，主峰海拔 1748.8 米，是赣南第二高峰，为赣湘两省界山。山顶上的赤水仙庵，始建于明宣德五年（1430）。山上峭壁悬崖，山路崎岖，由山下拾级而上到赤水仙庵这一段，名曰石楼梯，路陡几近垂直，仅容单人上下。庵之外侧有龙王井，终年井水不涸，味醇甘美。赤水仙庵是民间信仰活动场所，每年春天和秋天的正甲子日都要举行庙会，来此进香者甚众，数百年来香火不断。

1934 年 10 月，中央红军主力长征后，赣南省军区司令员蔡会文留在中央苏区坚持斗争。

1935 年 5 月初，为加强党对赣粤湘边区的领导，在与中共湘赣省委取得联系后，蔡会文主持各部负责人在赤水仙庵召开联席会议，会议成立了中共赣粤湘边特委，受中央分局领导，由蔡会文任书记。特委还组织了 8 个工作团，每个工作团 2 至 4 人，随部队行动，发动群众，恢复党的组织，建立贫农团，开展斗争。根据新的斗争形势，决定各部合称为赣粤湘边区游击支队，蔡会文任支队长兼政委，将江西崇义、上犹和湖南汝城、桂东、资兴、郴县以及广东始兴、南雄、仁化等划分为 8 个区，将游击支队分成 8 个大队，分赴

赤水仙庵旧址

各地，从而成功开辟了赣粤湘边方圆 900 里的游击区。

中共赣粤湘边特委和赣粤湘边区游击支队总部设在崇义县上堡区赤水仙庵。

为了保卫设在北山的南方游击总部机关，支援北山的游击战争，上堡赤水仙庵会议以后，蔡会文亲自领导两个大队留在东边山。面对敌人的疯狂进攻，蔡会文指挥部队相机改变组织形式，与国民党军周旋。游击支队在群众的支持下，声东击西，灵活作战，粉碎了敌人一次又一次的"清剿"。

1936 年初，因为叛徒告密，蔡会文等被敌人包围，他在掩护战友突围时，中弹负伤被俘。敌人要把身负重伤的蔡会文抬回去邀功请赏，被蔡会文破口大骂，恼羞成怒的敌人残忍地将他杀害。蔡会文牺牲时，年仅 28 岁。

赤水仙庵于 20 世纪 30 年代毁于兵燹，现残存部分石砌墙体。2000 年 11 月，上堡赤水仙赣粤湘边特委和赣粤湘边区游击支队总部遗址被列为崇义县文物保护单位。

瑞西游击队活跃在铜钵山

◎毛燕群

1934年10月，中央苏区第五次反"围剿"失利后，中央红军主力被迫进行战略转移。中央红军主力和中央领导机关突围转移后，中共中央决定在中央苏区成立中共中央分局、中央政府办事处，领导留守的红军独立第

铜钵山红军烈士纪念亭

二十四师等武装力量，留在中央苏区坚持游击战争。同年底，中共中央分局根据形势组建了中共瑞西特委和瑞金独立营，并以铜钵山为基地，领导开展了河西区的游击战争。瑞西游击队的驻扎地就设在铜钵山上的铜钵山庵。

铜钵山位于瑞金市城西25公里处，在九堡镇与冈面乡、于都县之间，铜钵山山峰巍峨，气势恢宏，甲于诸山，号称"绵江第一峰"。铜钵山庵始建于隋唐，清时最为鼎盛，当时铜钵山庵的建筑分为头殿、二殿和铜钵山寺三处，僧人众多。绵延十里的石阶路，

苍翠的古松，青葱的茶园，悠扬的茶歌，古朴的寺院，晨钟暮鼓，梵音缭绕，构成了古瑞金十景之一——"铜钵茶歌"。

瑞西游击队入驻铜钵山庵后，受到庵内僧人的欢迎和支持。僧人们为游击队员空出房间、提供粮食和炊具照明等，还经常利用特殊身份到外面打探消息，给游击队提供重要的情报。而游击队员也十分尊重出家人信仰，只要一有空闲时间，就帮助僧人修缮房屋，与僧人一起开荒种地，种上了红薯、玉米等粮食作物。游击队员与僧人之间关系十分融洽，成为一段佳话。

红军北上后，受到革命思想影响的铜钵山庵僧人们，无私帮助当地群众开荒、采摘茶籽、采收番薯和玉米、收割水稻等，深受十里八乡老百姓的拥护。

2010年，瑞金市在铜钵山海拔700多米处的土地潭，修建了铜钵山红军烈士纪念亭，并对铜钵山庵遗留红色旧址进行了修缮。

铜钵山庵

"东南工合"赣州抗战往事

⊙赖红英

抗日战争爆发后，为了在后方重建中国工业，发展战时经济，增强抗日力量，争取抗日战争的最后胜利，在周恩来、博古等中共领导人的积极支持下，1938年8月，路易·艾黎、埃德加·斯诺等国际友人和爱国进步人士，在湖北汉口成立了中国工业合作协会。9月，丹桂飘香之际，路易·艾黎风尘仆仆赶到赣州，筹备中国工业合作协会东南区（以下简称"东南工合"）办事处。

路易·艾黎来到赣州后，首先找到中国国际救济委员会江西分会副董事长、中华圣公会赣州西津路虔光堂负责人刘平庚主教。南昌起义时，刘平庚任中华圣公会南昌宏道堂负责人，他积极支持革命，将宏道堂借给国民革命军第二十军作为指挥部，还把自己的住所让给贺龙等起义领导人居住。经商谈，刘平庚主教及全体信徒积极支持战时经济恢复事业，同意把教堂房子及院落借给东南工合，作为办公、培训场所及生产车间等使用。

1939年初，东南工合办事处在虔光堂成立，路易·艾黎任主任，东南工合作为中国工业合作协会在全国的4个办事处之一，管理江西、广东、福建、浙江、安徽等5省28个县级"工合"事务所或指导站，共700多个工业生产合作社，8000多名社员。

中华圣公会赣州西津路虔光堂旧址（今不存）

中共中央南方局和江西省委、赣南特委先后派出一批共产党员和干部担任东南工合办事处和各县"工合"事务所的领导工作。他们以"工合"的职务为掩护，开展抗日活动，发展党员，建立党组织。1939 年 7 月，中共赣州市委成立，办公地点也设在虔光堂，不久后，中共东南工合支部成立，隶属中共赣州市委领导。

在中国共产党的高度重视下，赣州工业合作事业蓬勃发展。据史料记载，从 1939 年至 1940 年上半年，仅赣州一地就组建了机器、造船、制鞋、印刷、皮革、织布、肥皂、铁铜锡器等 40 多个工业生产合作社。赣县、于都、兴国、瑞金、会昌、南康、上犹、大余、龙南、宁都等 10 个县相继设立"工合"事务所或指导站，发展了 200 多个工业生产合作社，近 3000 名社员。这些合作社的门上都有三角黄底红字"工合"会徽，印有"工合"标记的产品，从服装、鞋帽、日用品、食品、文具到采矿、交通工具等应有尽有。有的产品还销往外地，或运往抗日前线。东南工合事业促进了战时经济的繁荣和发展，同时也成为支援抗日的独特经济力量，在巩固和发展抗日民族统一战线和国际反法西斯统一战线等方面做出了重要贡献。

岁月流逝，当年的中华圣公会赣州西津路虔光堂已难觅踪迹，但那块刻着"中国工业合作协会东南区办事处暨中共赣州市委旧址"字样的石碑，却记录了中华圣公会曾经为支援抗战做出的重要贡献。

★

吉 安

高光法师义救贺焕文

⊙青原山净居寺

　　土地革命战争时期，永新人贺焕文的儿子贺敏学、女儿贺子珍都参加了革命。1927年，蒋介石发动四一二反革命政变后，永新发生了"六一〇事变"：贺敏学被捕，贺子珍随袁文才上了井冈山，贺焕文带着妻子温士秀和女儿贺怡逃到吉安城。紧接着，吉安又发生了"八六事变"，国民党右派势力在"宁可错杀一千，也绝不使一人漏网"的口号下，残酷屠杀共产党员和进步群众。贺焕文只得带着一家人逃离吉安城。他们匆匆来到赣江边，找了一条渔船渡过赣江，直奔青原山净居寺而去。

　　青原山净居寺，初名"安隐寺"，始建于唐神龙元年（705），后宋徽宗赐名"净居寺"。净居寺当时的住持高光法师与贺焕文是永新同乡，两人曾有过一面之交。

　　见到高光法师，贺焕文连忙抱拳作揖道："家遇大难，投奔宝刹，万望法师慈悲为怀，救我一家。"

　　高光法师虽身在空门，不问世事，但明辨善恶是非，眼前这一家三口遇难相求，岂能坐视不救？于是道："施主莫急，本寺慈悲为怀，普度众生，施主有难，老衲当尽力而为。"

　　他把贺焕文一家引到斋房左侧一间房内，移动靠墙边的一块木

净居寺

板，下面竟是两间地下室，有楼梯上下。原来这里是寺庙储物的密室，贺焕文一家就在密室里落了脚。

第二天，一个穿着黄绸衣服的人领着七八个当兵的气势汹汹地冲进净居寺，大声嚷嚷："谁是当家和尚？快叫当家和尚出来！"

听得喧哗声，高光法师从容走到前殿，道："老衲便是。宝殿乃肃穆庄严之所，施主为何在此喧哗？"

穿绸衣的小头目说："我们是党部派来的，昨日有人看见有二女一男共党要犯到了青原山，是不是躲在你们庙里？"

"阿弥陀佛。罪过，罪过。出家人四大皆空，不晓得什么共党。每日来本寺进香敬佛的善男信女甚多，更不知谁人是共党，岂有藏匿之事？"

士兵们把寺院里里外外搜了个遍，什么也没搜到。那小头目自言自语："莫非已离开青原山？再到别处看看！"

贺焕文一家在净居寺待了半个多月，终于避过了这一难。贺焕文、贺怡还以青原山为活动据点，往来于吉安、永新等地开展地下革命斗争。

1930年，高光法师又引荐贺怡到自己的皈依弟子彭大融居士处，贺怡向彭大融筹借了银圆1万元，作为红军攻打吉安城之军需。

高光法师担任青原山净居寺住持19年。中华人民共和国成立后，他移居安福，担任莲舫庵住持。高光法师曾先后担任安福县佛教协会会长，安福县人大代表、政协委员，在他的带领下，安福县宗教界踊跃捐款捐物支援抗美援朝。1963年1月4日，高光法师圆寂于莲舫庵，世寿89岁。

青原山

袁文才步云山练兵

⊙范建华　刘清清

　　白云寺始建于清嘉庆末年，位于井冈山香包垅，主体建筑三排横联，每排又依地势渐次增高，分前后 3 栋，共计 9 栋，有厅堂房舍 108 间，占地面积 2000 多平方米。

　　1927 年 10 月，毛泽东率秋收起义部队进驻井冈山茅坪，开展湘赣边界的工农武装割据斗争。而获得前委赠送的 100 条步枪的袁文才，招募了 200 多名穷苦青年农民入伍，加上原有的百余人，实力大大增强。为了让这支农民自卫军尽快走上正轨，袁文才率众人在步云山开展军事训练，史称"步云山练兵"。位于步云山的白云

白云寺

寺成为袁文才队伍的营地。

前委给袁文才队伍派来了指导军政训练的干部,他们是连长游雪程、副连长徐彦刚、排长陈伯钧和袁炎飞。农民自卫军编为三个连,每日三操两讲,既练军事又学政治,按照黄埔军校的教学方法进行训练。

军事训练极为严格。一次,演练匍匐前进时,前方有个积水洼,排长吴兆梅扭过头来喊道:"报告教官,前方有水!"陈伯钧像是没有听见,还厉声传令:"继续前进!"战士们只得在冰冷的稀泥中继续爬行,人人滚得满身泥浆,冻得直打哆嗦。重新列队后,陈伯钧对大家表扬了一番,然后铿锵有力地讲道:"士兵要有勇往直前的精神,命令一出,前头是刀山火海也不得退却!"

部队每天还要上两堂政治教育课,讲的是穷人为什么穷富人为什么富、穷人怎样才能改变自己的命运等问题,用深入浅出的方式讲述革命道理,官兵们的思想觉悟明显提高,精神面貌焕然一新,操练中叫苦喊累的人明显少了。

经过两个多月的军事训练和政治教育,农民自卫军的军政素质大为提高,部队按照前委的布置建立起连队党支部,设立了士兵委员会。1928年2月上旬,袁文才队伍与同时期也得到改造的王佐队伍,改编为工农革命军第一军第一师第二团,袁文才任团长,王佐任副团长。步云山练兵为这支绿林队伍的政治新生打下了坚实基础。

后来,工农革命军在白云寺创建了井冈山革命根据地最早的军械修理所。1928年10月4日至6日,中共湘赣边界第二次代表大会在白云寺的观音殿召开,通过了毛泽东起草的政治报告,并作为大会的决议案,《中国的红色政权为什么能够存在?》就是报告的一部分。这次会议对于"八月失败"后重新开创湘赣边界的武装割据,起到了非常重要的作用。

中华人民共和国成立初期,白云寺残垣断壁,荒草萋萋。1964年,有关部门出资对中间一排的三栋房屋,按原貌进行了修复,寺庙被列为革命旧址。

象山庵献田助革命

⊙范建华　刘清清

1928 年，井冈山革命根据地开展了轰轰烈烈的土地革命运动。

土地分配最早从宁冈（现属井冈山市）开始。1928 年 2 月 21 日，宁冈建立县工农兵政府后，各地就开始分田，所有的土地全部归公，按人口平均分配。

当时庵堂仙场等宗教场所都拥有数量不等的水田，这部分土地该如何处理，和尚、尼姑、道士们是否也能分得土地，这在当时成了不小的问题。

宁冈县工农兵政府在前委的指导下，作出规定：宗教场所的土地由乡工农兵政府一律收回，寺观庵庙自己谋生活，同时是中农以下经济地位者的和尚、尼姑、道士，则可以分给土地。

位于井冈山茅坪村的象山庵拥有 200 多亩水田。工农革命军进驻茅坪时，庵里只剩下十几个尼姑，无力耕作，多数水田租给了附近的农民。分田的前两天，坝上乡工农兵政府主席李怀珍同袁文才、李筱甫来到象山庵拜访住持馨月法师，希望她把庵里的水田交公，再统一分配。

70 多岁的馨月法师听到李怀珍等人介绍：分田时男女老幼人人都有份，而且乡工农兵政府会考虑庵里的情况，尽量把附近的水

象山庵山门

田分给尼姑们，又听袁文才说自己也把家里几十亩水田交出来分给了其他农户，于是当即表态："既然男女老幼人人都有份，我们还有什么说的？庵里的田全部由政府处置。"

经过五六天的丈量、计算，再插牌分田，全村符合条件的男女老幼每人都分到了四斗田（两斗半为一亩）。象山庵的尼姑们也不例外，乡工农兵政府还给庵里留了30亩水田作为庵产。看到这个结果，馨月法师对尼姑们说："出家人讲修德行善。共产党让每个农民都有田种、有饭吃，他们是积人间的最大善德呀！"

井冈山革命斗争时期，象山庵的尼姑们拥护共产党的领导，以实际行动支持红军，馨月法师曾多次率领尼姑们带着草药到红军医院看望伤员。

象山庵正门

　　1928 年秋，井冈山的农业生产获得大丰收，广大农民踊跃交粮支援革命。象山庵的尼姑们也把 20 多担粮挑到了茅坪的红军粮库，一次性交清了土地税粮。

　　看到尼姑们挑粮走在步云山的小路上，有人编了山歌唱道：

　　　　红军来了大变天，男女老少都分田；
　　　　庵堂庙宇一样分，尼姑道士笑连连。

　　当年 12 月，湘赣边界工农兵苏维埃政府正式颁布《井冈山土地法》，首次从法律形式上肯定了农民获得土地的权利，受到了广大群众的拥护。

张师长银冈仙疗伤

⊙范建华　刘清清

　　银冈仙为湘赣边界著名的道观，位于井冈山市新城镇西北海拔 800 多米的银冈山上，始建于宋嘉祐元年（1056）。

　　银冈仙有一位叫普智的道长，擅长草药治疗"金伤"（子弹打伤的民间用语），因此，在酃县（现湖南炎陵县。下同）湘山寺战斗中负伤的红四军第十一师师长张子清回到宁冈后，由县工农兵政府安排到银冈仙疗伤。

　　1928 年 5 月 19 日，红四军第二次攻占永新县城。第二天，毛泽东带人从茅坪骑马赶往新城，专门看望在银冈仙疗伤的张子清。

银冈仙

此时，张子清已在这里住了十多天了。

临近晌午，毛泽东一行赶到了银冈仙。在张子清暂居的小房间里，毛泽东与张子清亲切交谈，得知张子清的脚伤在普智道长的精心治疗下，已经大为好转，能够下地行走了，毛泽东十分欣慰，他向普智道长表示了真诚的感谢。

银冈仙是宁冈著名的"八景"之一，县志中有"银冈叠嶂千重秀"的诗句。在普智道长的陪同下，毛泽东登上山岗，放眼眺望，远处群峰绵亘，翠色千层，近处险峰壁立，只见一块高达十余丈的青色石崖下竟有一个

龙潭石刻

深潭，潭水清碧，微波荡漾。崖石半腰一块桌面大的凿得溜光的石壁上，镌刻着一首五言诗，清晰可辨："半山一碧泓，湛然今古同。人传有龙卧，窃说与江通。汲莫惊灵物，尝堪洗俗庸。何时作霖雨，飞润满寰中。"

在五言诗的旁边，还有两个大字——"龙潭"，遒劲有力。这是明末江南名士陈上善在登山时所题。

毛泽东点头说道："这诗的意境倒是平坦，只是那'龙潭'二字，端的是笔力不凡，题在这山巅龙潭，也替银冈仙争了光啊！"

普智道长立刻从旁边捡起一根烧残的松明，递过来请毛泽东以火炭作笔题词。

拗不过道长的热情，毛泽东将松明杆子拿在手上，走到旁边不远的石崖下，稍稍凝神，然后挥舞着松明，在石壁上写下了"龙潭"两个遒劲的大字。

毛泽东离开银冈仙后，普智道长生怕那两个火炭字被淡化了，便用笔墨重新描了一遍，可惜因为年代久远，如今已经找不到当年的痕迹。

2009 年，井冈山市人民政府批准将银冈仙列为市级文物保护单位。

乡苏主席智退强敌

⊙范建华　刘清清

1928 年 6 月下旬，正当井冈山革命根据地蓬勃发展的时候，红军冒进湘南，造成了井冈山斗争的"八月失败"。

红军冒进湘南期间，湘敌两个团从湖南酃县（现炎陵县）开到江西宁冈古城。面对敌众我寡的不利局面，在拱桥头村的将军庙，游亚乡苏维埃政府主席谢崇安上演了一出智退强敌的好戏。

当时在游亚乡的拱桥头、大江边等村庄，乡苏维埃政府早已经动员群众"坚壁清野"，把能吃的东西都藏起来了，驻在这里一个营的敌军只得四处寻找食物。

敌军发现村后山脚下有一座庙宇，这个庙正是将军庙，士兵跑到将军庙，将庙里仅有的几百斤谷子抢走，还打伤了庙祝，强行把庙里的耕牛牵走，又强迫几个农民替他们杀牛。

到了下半夜，吃了牛肉的士兵开始上吐下泻。第二天深夜，敌军驻地的野外又"闹起了鬼"，只听得村外的田垄里，回荡着一声声凄厉的长啸，令人毛骨悚然，吓得敌军睡不着觉。

敌军纷纷议论一定是吃了从将军庙抢来的耕牛，触犯了神灵，这才闹出拉肚子和夜半"鬼"叫的事来。敌营长向来信奉鬼神之说，越想越觉得不对，决定亲自去向菩萨谢罪。

将军庙塔型焚经炉

第三天上午，敌营长带着鞭炮香烛来到将军庙，先向庙祝赔礼道歉，再到中殿焚香谢罪，这时候，庙祝给他递上一张签语，上面是石印的"修行进德格言"第八十一则："凡属动物，皆有觉知，若杀而食，杀生短命，若无仁心，纵有福寿，折消殆尽！"

敌营长看完，额头上不禁冒出冷汗，赶紧跪地叩首，嘴里连连念叨"有罪，有罪！"

庙祝对敌营长说："善恶之事，由人造作，福祸由人，如影随形，应之自然，长官下一步如何打算？"

敌营长应答不迭："在下知晓了。"

晌午过后，敌军全部从驻地撤走，退向永新。

游亚乡的群众看见敌人主动撤走了，都说是将军庙的三位菩萨显灵了。几天后他们才知道，原来，乡苏维埃政府主席谢崇安早就安排人在煮牛肉的茶油里掺了桐油，还放了不少巴豆粉，吃了牛肉的敌人自然就上吐下泻了。至于晚上的"鬼"叫，也是苏维埃政府安排了五六个农民，用嘴对着水、憋着嗓子发出的尖叫，这种声音可以传得很远。而在将军庙向敌营长递上"修行进德格言"的"庙祝"，正是谢崇安自己装扮的！他早就预料到敌人会到庙里来敬香谢罪，于是扮成庙祝，上演了一出智退强敌的好戏。

云兴山寺奏凯歌

⊙曾思政

云兴山寺位于吉安市青原区文陂镇瑶湖村北，始建于明洪武二年（1369），每逢观音菩萨诞辰日和农历节日，远近民众纷纷来此烧香拜佛，香火十分旺盛。1930年2月，红四军在值夏赤岗山展开围歼国民党唐云山旅的战斗，前线指挥部就设在云兴山寺内。

1930年，陂头"二七会议"决定集中红四军和刚诞生的红六军等力量，第二次攻打吉安。在曾山等部署下，主力红军及赤卫队云集于吉安周围。吉安守敌惊恐万状，蒋介石急调七个旅进攻赣西南。其中唐云山旅号称"铁军"，十分高傲，根本不把穿草鞋、扛梭镖的红军放在眼里，孤军进入苏区，欲寻红军主力决战。

2月23日，唐云山以主力第一团为先锋，占领吉水县水南街。水南区共产党游击队领导人一面派人秘密赶往富田，向总部汇报，一面组织游击队备战。在富田，毛泽东、朱德立即召开会议，紧急部署红六军军长黄公略、政委陈毅率两纵队连夜火速赶到陂头、值夏，以切断唐部回吉安的退路；朱、毛则亲自带领红军从水南追击敌人。

当天下午2点左右，黄公略、陈毅赶到瑶湖村，将战斗指挥部设在云兴山寺。云兴山寺距离赤岗山、富滩大湾只有几公里，四周

云兴山寺

古树参天，荫翳蔽日。寺内法师热情欢迎红军，他们腾出房间供指挥部使用，还积极向红军提供附近一带的地形情况。

在指挥部指挥下，红军和地方游击队在赤冈山一线与敌人交上了火。红军部队完成对敌人的包围任务后，开始发起猛攻。看到三个方向奔涌而来的猎猎红旗，听到阵阵嘹亮的军号声，敌人早已吓得魂飞魄散，争先恐后向张家渡逃窜，然而又遭到红军围堵，成了瓮中之鳖，纷纷束手就擒。

陂头地方党组织带领游击队配合牵制敌人的散兵游勇，组织青年男女为前线送饭送茶水、抢救运送伤员。战斗胜利后，周围群众又积极打扫战场、看管俘虏，在云兴山寺谱写了一曲苏区人民配合红军抗击敌人，保卫苏区的胜利凯歌。

中华人民共和国成立初期，云兴山寺旁边建立了红军指挥部纪念碑，1963年，云兴山寺红军作战指挥部被列为市级文物保护单位。2022年，云兴山寺入选全省首批"五好"宗教活动场所。

"老君丹"的故事

⊙郭贤富

1930 年 10 月，蒋介石调动 10 万大军，采取"长驱直入、分进合击"的方针对中央苏区发起第一次"围剿"。永丰县龙冈、君埠等南部山区是第一次反"围剿"的主战场。这里山高林密、古树参天，日夜坚守在山林之间的红军战士饱受山蚊子和毒虫叮咬，疼痛难忍、瘙痒难受，很多战士全身起湿疹、疱疮，直至溃烂流脓。因为缺医少药，无法得到及时医治，战士们苦不堪言。

郭吉祥道长

当时才 16 岁的郭林祥刚参加红军不久，也被蚊虫叮咬得全身红肿瘙痒。郭林祥出生于永丰县石马镇层山村一个贫苦农民家庭，从小饱尝生活艰辛，8 岁起就帮家里打柴、放牛、做农活。受进步思想影响，他 14 岁参加当地农民协会，后来加入工农红军。

此时，浑身难受的郭林祥想起了同村一起长大的伙伴——郭吉祥。郭吉祥 1916 年出生在层山村的一个道传世家，7 岁起随父

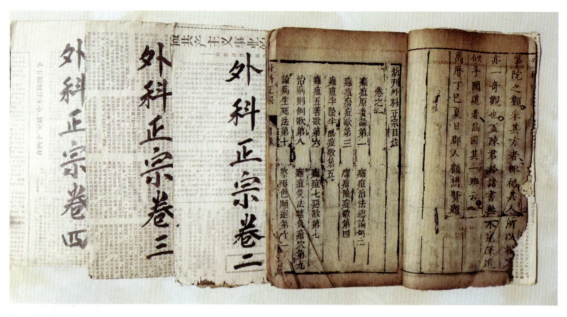

郭吉祥道长的医书

亲学道，熟悉道教经典、斋醮科仪、道医经书，明万历年间的《外科正宗》四册他背得滚瓜烂熟。虽然年纪不大，但他已经开始悬壶济世、治病祛邪，在十里八村小有名气。

看到郭林祥满身的红肿疙瘩，郭吉祥让他稍等，转身便出了门，不一会儿，郭吉祥就回来了，一边走，一边嘴巴里还嚼着什么东西。走进门来，他从嘴里吐出一团青色的草药，敷在郭林祥身上红肿瘙痒的地方，不停地揉搓。很快，郭林祥身上就不痒不痛了，红肿也慢慢消退。连续擦了两天药，郭林祥满身的红肿疙瘩完全消退了。

得知好多红军战士都有同样的病症，郭道长简单收拾了一下，主动到红军的深山驻地给战士们治疗。因用药量大，用嘴嚼药远远满足不了需要，他便用农村捣辣椒的"齿钵子"给战士们捣药，捣烂后再加上家传配方，战士们涂敷两三天后基本上都能痊愈。被治好了的战士纷纷问郭道长这是什么仙丹妙药，为什么这么管用。郭道长笑称，老君宝扇艾叶草，无名蛊

郭吉祥道长旧居

毒能治好，就叫它"老君丹"吧！

摆脱了毒虫折磨的红军战士如猛虎下山，在毛泽东、朱德指挥下，奋勇作战，取得了第一次反"围剿"的胜利。"雾满龙冈千嶂暗，齐声唤，前头捉了张辉瓒"，毛泽东为此写下了传世佳作《渔家傲·反第一次大"围剿"》。

此后，郭林祥跟随部队南征北战，出生入死，开启了从放牛娃到解放军上将的传奇人生。中华人民共和国成立后，郭林祥先后担任成都军区政委、总后勤部政委、新疆军区政委、南京军区政委、中央军委纪律检查委员会书记兼总政治部副主任等职，是新时期军队纪检工作的重要开拓者。1979年，郭林祥将军回到故里，特别探望了郭吉祥道长。少年告别，再见已是长者，两人一起深情回忆当年的峥嵘岁月，畅谈郭道长凭一副"老君丹"解万千红军战士顽疾的往事。

如今，郭吉祥道长虽然已经羽化归真，但他生前反复交代后人，要将"老君丹"发扬光大。"老君丹"传承至今，惠及八方百姓。

泰和县的一段峥嵘革命岁月

⊙陈文越

    1930 年 7 月至 12 月,在中共泰和县委、县苏维埃政府的领导下,泰和县开展了轰轰烈烈的革命斗争,而作为县委、县政府驻地的泰和天主堂,一时成为革命的中心,见证了那段峥嵘岁月。

    位于泰和县城中心位置的天主堂始建于 1908 年,由法国神甫主持修建,1915 年教堂被洪水冲毁,1916 年重建。天主堂为法式建筑,包括砖木结构教堂一座、神甫楼一栋及附属建筑,设男女经堂、养老院、救济院、圣经学院,建筑面积 2000 多平方米。

    1930 年 7 月 24 日,红军一枪未发,从北门进入泰和县城,泰和群众夹道欢迎。第二天,中共泰和县委、县苏维埃临时政府正式由农村迁入位于县城的天主堂办公,在全县范围内(除三峰、桥头外)行使革命政权,同时,成立了县工会、雇农工会、县妇女会等革命团体。

    1930 年 9 月,泰和县苏维埃临时政府在天主堂召开了第二次全县工农兵代表大会,正式成立了泰和县苏维埃政府。9 月底,中共泰和县委在天主堂召开了第一次全县党员代表大会,大会通过了一系列决议:在全县范围内继续开展打土豪、分田地的斗争,摧毁国民党反动统治的基础;壮大革命武装,扩大武装斗争,消灭反动

泰和天主堂

武装，保卫革命果实等。大会结束后，全县人民在县委的领导下，积极扩大革命武装，展开了轰轰烈烈的革命斗争。

1930年7月25日至12月20日，不到5个月的时间里，中共泰和县委、县苏维埃政府在天主堂发布了一项项决定和命令，先后建立了泰和独立团和第七纵队，捣毁了西阳山匪窝，攻占了万安，配合红军攻下了遂川、吉安，壮大了革命武装，巩固了全县红色政权。全县六个区在中共泰和县委和县苏维埃政府的领导下，开展了分田地和废除高利贷的斗争，进一步解放妇女，废除买卖婚姻和童养媳，实行男女平等、婚姻自由。

1930年12月间，国民党白军由永新、吉安两路进攻泰和，中共泰和县委、县苏维埃政府撤离泰和。撤离之前，红军在天主堂的墙壁上留下了大量标语，瓦解白军士气，劝告白军不要再做伤害人民群众的事。

1984年，泰和县天主堂被列为县级文物保护单位。如今，红军当年留下的革命标语依然保存完好、清晰可见，成为泰和县天主堂红色历史的最好见证。

2022年，泰和县天主堂入选全省首批"五好"宗教活动场所。

青原山的红军医院

⊙青原山净居寺

1930年10月，历经9次攻打后，毛泽东率红一军团和10余万赤卫队、少先队员终于攻下吉安城，建立了江西省苏维埃政府红色革命政权。攻城成功后，为了使1300多名伤病员得到更好救治，毛泽东决定创办红军后方医院。

红军医院设在哪里最合适？毛泽东找来了熟悉当地情况的江西省苏维埃政府主席曾山，曾山从安全和治疗方便方面考虑，建议将医院设在青原山净居寺。

青原山离吉安城约8公里，这里山峦蜿蜒，群峰碧翠，山上古木参天，荫翳蔽日，被诗人杨万里称为"山川第一江西景"，民族英雄文天祥曾三次游历青原，手书"青原山"三字。

青原山净居寺是佛教禅宗青原派系祖庭，并由此分出曹洞宗、云门宗、法眼宗三个宗派，影响远及朝鲜、日本和东南亚。吉安最早的书院之一青原书院，也设于此。明代王阳明曾在此开设青原讲会，传授心学，后设阳明书院。

净居寺当时的住持高光法师积极支持革命，帮助在净居寺设立红军医院。场地确定了，还需要大量的医护人员，第十二军军长罗炳辉向毛泽东推荐了医术、人品俱佳的吉安私立惠黎医院的戴济民。

净居寺

红军医院旧址

为了获得戴济民的支持，毛泽东、朱德、谭震林等人专程前去拜访，毛泽东向戴济民谈了自己对一般人道主义和革命人道主义的看法，听了毛泽东的一席话，戴济民思想豁然开朗，欣然同意担任红军医院院长。他不仅带来自己诊所的医生和设备，还动员了一部分其他诊所的医生一同前往青原山净居寺，建立起红军医院。全院编为四个休养连，分别救治重伤员、轻伤员、烂疤子病员、内科病员，包括7名医生、几十名看护员，净居寺内的僧人也积极为伤病员做一些力所能及的工作。

毛泽东曾亲访净居寺，看望慰问红军伤病员。经过一个多月的治疗，除300多名重伤病员留下继续接受治疗外，其余人员都痊愈归队。

1930年11月18日，红一方面军撤出吉安城。红军医院也由张宗逊带领部队护送，先后转移到富田、东固，后在兴国发展成为红一方面军总医院，还创办了四个分院。

2013年12月12日，青原山净居寺被国家宗教事务局命名为全国第二批宗教界爱国主义教育基地，是江西省唯一获此殊荣的宗教活动场所。

2022年，青原山净居寺被评为全省首批"五好"宗教活动场所。

龙冈大捷决策在君埠

⊙吴兴明

　　"雾满龙冈千嶂暗，齐声唤，前头捉了张辉瓒。"这句人们熟悉的诗词出自毛泽东所作的《渔家傲·反第一次大"围剿"》。1930年12月30日，红军在龙冈伏击国民党军第十八师并俘虏其师长张辉瓒，第一次反"围剿"胜利结束，而这场大捷的决策地正是永丰县君埠万寿宫。

　　君埠万寿宫是一座专门供奉许真君的古典式建筑，始建于明末清初，规模宏伟，占地面积达544平方米。

　　1930年10月，蒋介石调动10万大军，采取"长驱直入，分进合击"的作战方针，对中央苏区发动了一次大规模的军事"围剿"。12月

君埠万寿宫

29 日，敌第十八师师长张辉瓒，仗着人多势众、武器装备精良的优势，部署第五十二、五十三旅和师直属部队 9000 余人，起兵东固，浩浩荡荡向龙冈进发，妄图以其优势兵力，歼灭红军主力。

为抓住有利战机，打好这场运动战，12 月 28 日，红军主力转移到永丰君埠。为不打扰当地百姓正常的生产、生活秩序，中央红军将总司令部设在君埠老街上空闲的万寿宫。

是夜，君埠万寿宫灯火通明，红军总部在这里召开军以上干部紧急会议，会议由朱德主持，毛泽东作重要讲话。毛泽东幽默地说，古今中外的军事家都懂得这样一个道理：存人失地，人地皆存；存地失人，人地皆失；舍得舍得，有舍才能得。现在敌人终于送上门来了，今天，大家聚在一起，开动脑筋，来制定谋划攻打龙冈的方案，要出其不意地从十万敌军中，取枭将张辉瓒，在龙冈这个农民运动的中心舞台上，演一出威武雄壮的好戏，打出我们的军威。

大家集思广益，毛泽东、朱德果断签发红军 12 号作战命令：《攻击龙冈敌张辉瓒部命令》。

正值隆冬，第二天，漫天大雾，能见度极低，龙冈歼敌战正式打响。傍晚时分，龙冈前线传来捷报：龙冈战斗，大获全胜，歼敌 9000 余人，敌师长张辉瓒被生擒活捉！闻听前方捷报，毛泽东大喜，在马背上吟成《渔家傲·反第一次大"围剿"》，表达喜悦之情。

> 万木霜天红烂漫，天兵怒气冲霄汉。雾满龙冈千嶂暗，齐声唤，前头捉了张辉瓒。
> 二十万军重入赣，风烟滚滚来天半。唤起工农千百万，同心干，不周山下红旗乱。

中华人民共和国成立后，君埠万寿宫进行了多次修缮。2013 年 3 月，君埠万寿宫被列为全国重点文物保护单位。2018 年，君埠万寿宫成为革命传统教育基地。

宁冈"红色小队"的大本营

⊙范建华　刘清清

1931 年 3 月，国民党湘军王东原第十五师占据宁冈，中共宁冈县委领导的红色独立第八营，从新城撤出，退到棋子石一带山区坚持游击战争。

敌军严密封锁通往城外的进出道路，对行人实行盘查搜身，严令各个店铺不准将盐、米等物资卖给红军，反动区长吴泊经常带着靖卫团到乡下抢夺民财，搜捕共产党员和红军家属。

这天，红八营二连排长尹开恩、班长谢承恩接到通知来到营部，营长周云斋直截了当地对两人布置任务："中共宁冈县委指示，必须打击敌人的嚣张气焰！你们两人回家去组织一支小队伍，就叫红色小队，作为红色第八营派出的小队，要以银冈仙为依托，狠狠打击敌人！"

没过多久，由尹开恩、谢承恩等六名成员组成的红色小队，在银冈仙的道场里成立了。银冈仙的道士们感恩工农兵政府不但没有禁止信众朝拜，还给他们分了水田，他们拥护共产党，一直暗中给红色小队提供帮助。

虽然武器只有两支步枪，几个"鹅子炸"（土制手榴弹，外形像大的鹅蛋），但很快红色小队就展开了第一次行动。尹开恩、谢

银冈仙红军活动纪念馆

龙潭书院

承恩各带一人，借着月色从道场下山，涉过郑溪河，从护城河的水涵爬进城内，将两个"鹅子炸"拔掉引线，扔进靖卫团的住房，炸死三人、炸伤三人。

接着，红色小队又组织行动，在东门街成功击毙了反动区长吴泊，给敌人造成极大的恐慌。靖卫团在四个城门和各主要通道上扼守得更紧了，每个岗哨日夜不离人。

红色小队以银冈仙为大本营，白天隐蔽在银冈仙龙潭书院后面的寮棚里，天黑以后频频展开行动。银冈仙的道士们为红色小队站岗放哨，一旦发现有兵丁上山，立刻向尹开恩等人报信。为确保万无一失，尹开恩还有一着高招：委托养鸭子的老父亲，在下银冈的秧田里扎了一个很大的稻草人，只要发现情形不对，就把稻草人放倒，第一时间通报道场的人。

红色小队在银冈仙活动了20多天，圆满地完成了营部交给的任务，有力打击了靖卫团的反动气焰。6月底，尹开恩和谢承恩胜利归队。

毛委员白云山设伏破敌

⊙刘玉萍

"……走七百里,打五个仗,缴枪二万余,痛快淋漓地打破了'围剿'……有人谓我们'钻牛角',但终究钻通了。"这是毛泽东《中国革命战争的战略问题》中的一段话。

这里说的"钻通了",指的是终究钻通了白云山。

白云山位于吉安市泰和县小龙镇白云山村的东面,绵延于兴国、泰和、青原三县区交界处,主峰海拔862米。这里峰峦起伏,常年白云缭绕,故得名白云山。清咸丰初年,白云山悬崖下建起了白云山寺。

白云山寺

1931 年，毛泽东、朱德正是在白云山寺设立指挥所，指挥红军取得第二次反"围剿"第一仗的胜利。

白云山寺前后两栋楼相连，中间有个天井，古寺一楼是砖石结构，二楼是木质结构，当年毛泽东就住在二楼靠后山的一个僻静房间。在这个简陋的房间里，毛泽东曾经挑灯夜读，也曾和朱德等人讨论战争形势……

当时，红军集结于东固及白云山一带，毛泽东对这一带地形了如指掌，他力排众议，坚持设伏于白云山。三万多红军在东固山、白云山静静地埋伏了 25 天，粮食吃完了，连山上的竹笋和野菜都几乎挖尽了，终于等到了从富田姗姗而来的敌公秉藩第二十八师。

白云山战斗指挥所

1931年5月16日清晨，白云山云雾还未散尽，突然，两边山上枪声四起，在大雾中冒出来3万多名红军，仿佛神兵天降。望着突然出现的红军，敌军惊慌失措，吓傻了眼："红军是不是从天上飞下来的呀？"

敌军死的死，伤的伤，大部分乖乖举手缴枪。不出毛泽东的预料，一部分敌军企图从白云山半山腰右侧逃走，他们哪里知道，那里山高路险，全是不规则的石头，下面就是两丈多深的大坑，往下逃的敌军骑兵几乎都摔死在深渊，这个"跌死马"的故事流传至今。

看到狼狈不堪、四处逃窜的敌军，站在白云山顶的毛泽东开怀大笑，朱德见状说："润之啊，来一首诗吧！"毛泽东脱口而出："白云山头云欲立，白云山下呼声急，枯木朽株齐努力。枪林逼，飞将军自重霄入。"后来，毛泽东在福建建宁续完了这首《渔家傲·反第二次大"围剿"》的后半阕："七百里驱十五日，赣水苍茫闽山碧，横扫千军如卷席。有人泣，为营步步嗟何及！"

白云山战斗歼敌一个师，俘敌4000余人，活捉了敌第二十八师师长公秉藩，缴枪3000余支。白云山首战告捷后，毛泽东、朱德指挥红军乘胜向东横扫700里，五战五捷，痛快淋漓地粉碎了蒋介石对中央苏区发动的第二次"围剿"。

2018年，白云山寺被列为省级文物保护单位，寺里设立了"白云山战斗指挥所"陈列室。毛泽东当年住过的房间，幽静简朴，窗前方桌旁，似乎仍有伟人秉烛疾书的身影。那首著名的《渔家傲·反第二次大"围剿"》挂于墙上，无声地见证着当年的峥嵘岁月。

红军战士指月山庵疗伤

⊙范建华　刘清清

　　1932年，红军游击队与国民党军队在湘赣边展开了拉锯战。国民党军队以数千兵力占据了大部分平原乡镇，红军游击队只有不到500人，主要在九陇山、棋子石一带山区活动。

　　在山里，红军游击队居无定所，最大的困难之一就是伤病员的治疗。在7月21日的一场激战中，红八营20多名官兵负伤，当晚被抬到离茅坪5公里的南边村暂时安顿。怎样才能让伤员们得到及时、安全的治疗？红八营营长周云斋与政委贺赞一筹莫展。

　　曾在红八营任过排长的宁冈县苏维埃政府副主席谢生发突然想到了不远处的指月山庵。

　　指月山庵始建于唐武德年间（618—626），庵堂为前后两栋青砖瓦舍，四周群山怀抱，林木苍翠，绿竹掩映。那里既隐蔽，又有出家人懂草药、能疗伤，只要在庵后的山上搭个棚就能住下，是个安顿伤员的好地方，如果敌人进山搜索，翻过山就转到了永新的绥远背。众人听了，纷纷叫好。事不宜迟，谢生发当即赶往指月山庵，第二天上午带回了好消息：指月山庵的住持慈莲法师同意接纳游击队的伤员并为他们治伤，但为了安全起见，一定要在天黑后将伤员偷偷送上山。

指月山庵

　　当晚十点，红军游击队的官兵们以火把照路，抬着20多名伤员出发了，终于在天亮前抵达了指月山庵。慈莲法师早已安排人在庵后的一个山窝里搭好了几座寮棚，伤员们在那里安顿了下来。庵里还派出了三名懂草药的尼姑，为游击队伤员治病疗伤。

　　慈莲法师和尼姑们悉心照顾伤员们，情愿自己饿肚子，也一定要让伤员吃饱饭，让每个伤员有药用。庵里还专门派出几个尼姑在半山腰监视敌情，随时做好撤向永新绥远背的准备。

　　由于治疗及时，一个多月之后，除了几名重伤员留下来继续治疗，游击队的多数伤员都痊愈归队。红军战士们说：想不到敬香拜佛的地方，成了红军疗伤的福地。大家打心眼里感谢庵里的法师们对红军游击队的真诚帮助。

峡江地下党的秘密联络点

⊙熊　健

　　位于峡江县水边镇湖洲村的天府庙,始建于清雍正年间(1723—1735),清光绪年间(1875—1908)重修,南北朝向,是一座佛教清修道场,第二次国内革命战争时期,曾经是峡江河东中共地下党的秘密联络点。

　　天府庙的居士们,在革命思想的影响下,积极支持革命活动。他们将募捐到的经费、药品、衣物、粮食想办法转交给井冈山的工农红军,支援红军反"围剿"。

　　1932年10月上旬,中国工农红军西进长沙途中,有一个连在

峡江县湖洲村天府庙土地革命时期宣传标语

峡江县湖洲村天府庙

湖洲村驻扎了两天，他们在村里宣传土地革命，进行扩大工农红军队伍的宣传活动。红军在天府庙二楼右边的白墙上用墨汁写下了"拥护中国工农红军""反对帝国主义瓜分中国""打倒屠杀人民的国民党""红军是工农子弟兵，红军万岁"等革命标语。天府庙的居士积极配合地下党组织，参与扩红宣传，先后动员村里的十多名青壮年参加工农红军。

　　抗日战争爆发后，天府庙的住持和居士们与全国人民同仇敌忾，积极参与抗日。他们让出庙里的一间厢房，作为中共地下党组织开会和活动的场所。地下党人在厢房内开会，就有居士在庙里敲打木鱼、大声诵经作掩护；还有居士在大门口站岗放哨，一旦发现敌情，就以水边方言"干饭、稀饭"的问答，作为"暗号"通风报信；若是来人可疑，居士们立刻掩护与会人员从庙后门转移到后山洞躲避敌人搜捕，以一片善心爱心书写了一段"念佛不忘爱国"的传奇故事。

　　如今，红军当年在天府庙里留下的标语依然保存完好，提醒人们铭记那段革命岁月！

上饶

黄道与岑阳学会

⊙吴晓峰

离横峰县城两公里的岑山森林公园岑山洞,有座龙泉庵。龙泉庵始建于唐代,建在悬崖山上,一个半圆形的天然岩洞就是大雄宝殿,洞口面朝西南,前临悬崖,洞口岩石上刻着的"古龙泉庵"四个大字,为唐代著名书法家怀素所题。洞内有"一滴泉",泉水晶莹清澈,终年不断,清凉宜人。传说此泉为东海龙王所点化,被誉为"龙泉",龙泉庵因此得名。

1925年7月,中国共产党早期优秀党员黄道在这里成立了著名的"岑阳学会"。

黄道是弋横起义领导人之一。1928年1月,他与方志敏、邵式平共同领导了弋横农民武装起义,为创建革命根据地打下了坚实基础。

1900年5月21日,黄道出生于横峰县姚家垅一个农民家庭,他的革命起点正是在家乡横峰。

1925年暑假,黄道从北京师范大学回到家乡。他常常和邹秀峰、程伯谦、吴先民等进步青年知识分子聚在一起讨论救国的道理,大家一致觉得,要实现这个目标,不能靠一个或几个人摸索,必须团结一大帮志同道合、意志坚定的人,组织一个革命团体。于是,他

唐朝著名书法家怀素所题 "古龙泉庵"

古龙泉庵

们决定以研究学术为名，组织岑阳学会。

1925 年 7 月初，横峰县第一个革命团体岑阳学会在龙泉庵召开了成立大会。会上通过了由黄道起草的学会章程。确定其宗旨为"宣传革命，吸收人才"。接着黄道又创办《岑阳月刊》，作为宣传马克思主义的舆论阵地。

岑阳学会成立后，每周召开一至两次会议，会员们一起研讨学术问题或当前形势，报告学习和工作计划，也相互批评，共同进步。岑阳学会提出了"反对北洋军阀，打倒帝国主义"的口号，利用办夜校的形式传播马列主义思想，宣传新文化运动，积极培养革命运动骨干，深入农村、学校开展革命活动。

岑阳学会的成立和《岑阳月刊》的创办，不仅在横峰宣传了革命思想，传播了马克思主义，而且团结和培养了一大批进步青年和先进知识分子。学会会员也由最初的七八人，逐渐发展到几十人，并在葛源、霞坊等地设立了分会。

横峰成立中共组织以后，岑阳学会逐渐停止活动，很多会员成为中国共产党在横峰的早期农民革命领袖和闽浙赣党组织的骨干分子。

1985 年，见证了横峰早期革命事业发展的龙泉庵，被列为横峰县第一批重点文物保护单位。

叶梅庭智救邵式平

⊙史　俊

　　叶梅庭，余干县黄金埠镇塘石村人，前清秀才，一位普通的佛教徒。他利用自身影响，教育带动周边的佛教徒参与革命斗争；他冒着生命危险支持革命，与无产阶级革命家邵式平结下了深厚的革命情谊。他的故事至今仍在他的家乡传颂。

　　1928 年 1 月，方志敏等领导的弋横农民武装起义，唤醒了余干人民武装反抗国民党反动统治的革命热情。叶梅庭深受影响，坚定了只有中国共产党才能为人民谋幸福的信念。

　　从弋横农民武装暴动开始，中国共产党从实际出发，在赣东北劳苦大众中开展亲串亲、邻串邻的"上名字"运动——农民只要自愿报名并在名字上画押，便属于"农民革命团"成员，以这种方式迅速壮大农民革命团，解决武装力量薄弱的问题，是"方志敏式"的根据地成功模式的重要体现。

　　叶梅庭把自己经营的中药铺作为传播红色革命道理的阵地，将佛教的慈悲理念和红色革命的意义结合起来向信众宣传。在叶梅庭的推动下，余干成千上万名佛教信众加入了"上名字"运动，为随后发动的农民武装起义奠定了基础。叶梅庭还支持三子叶乾象加入中国共产党，从事革命活动。

叶梅庭与孙子叶庆芬的合影

邵式平与叶梅庭长子叶亚轩的合影

1930年到1932年，邵式平先后三次来到余干指导工作，发动和组织劳苦群众开展革命斗争，一般都是在叶梅庭家中来往落脚。叶梅庭多次与邵式平沟通交流，两个人的心贴得越来越近，成了无话不说的好朋友。

1932年5月，邵式平在五雷召开乡苏维埃主席、武装分队队长联席会议。消息不慎走漏，反动派立即派兵前来"围剿"捉拿。

叶梅庭与长子叶亚轩把邵式平藏进屋后岩洞，并用家里贮存的80多捆柴火堵住洞口，柴堆四周丢满了禾秆、草木灰、猪牛粪便等。

匪军进村后，很快就发现了这堆柴火，他们在柴堆前乱翻乱戳。眼看岩洞口快要现出来了……危急时刻，15岁的儿童团长叶露芬在叶梅庭的示意下溜到村外，点燃了村边的茅屋，并大声喊叫："救火啦！救火啦！"这招调虎离山计引得匪军连忙向锅启山撤离。

匪军离村后，叶梅庭亲自护送邵式平离开。踏着夜色，他们一路疾行，穿过五雷峰山脚，经过湾头家、蝉林许家、王家坂，终于到达霞山渡口。直到目送邵式平登上渡船，船开到河心后，叶梅庭才放心回去了。

一无所获的匪兵哪肯善罢甘休，放火烧了塘石村，叶梅庭家首当其冲，家中的房屋、财物被付之一炬。

1949年，叶梅庭因病去世。中华人民共和国成立后，担任江西省省长的邵式平依然惦记着叶梅庭的家人，当他得知叶梅庭的三子叶乾象早已为国捐躯，十分悲痛，他还专程将叶梅庭的长子叶亚轩接到省城南昌生活了一段时间。

灵山石城寺会议

⊙吕　中

　　位于上饶市广信区灵山甑峰南麓的石城寺，始建于清顺治年间
（1644—1661），地势险要隐蔽。1928年，这里发生了一场农民武
装斗争，影响深远。

　　1927年春，方志敏在弋阳"两条半枪闹革命"，同年11月，
创立以磨盘山为中心的弋横革命根据地，随着各地武装斗争的发生
与根据地的扩大，革命风暴席卷赣东北。

石城寺

1928年9至10月间，受党指派，李财标到左溪、东汪、下畈一带开展秘密工作，通过舒善德等人的积极活动，很快在下畈一带建立起革命组织——兄弟会。1929年11月，舒善德等召集回家过年的弋阳漆工镇造纸工人开会。会议一致决定立刻采取行动，组织群众斗争。不到一个月，在源里山、铜坝、东汪、左溪、双溪一带就有2000余人参加农民协会，封仓、抓地主活动开展得如火如荼。

鉴于迅猛发展的革命形势，舒善德等人研究决定组织赤卫军准备年关武装起义。

石城寺位于灵山甑峰南麓半腰，地势险要，仅有一条小道通行。在寺前放眼远望，上饶城尽收眼底，但山下却看不见古刹，可谓一夫当关，万夫莫开，是一处易守难攻之地。暴动地点选在此处，十分理想。

计划如期进行。12月7日，60余人带着鸟铳、花枪、大刀等武器上山开会，当天成立了赤卫连，舒善德、陈长生分别任正、副指导员，并制定了"遇到敌人，宁可牺牲个人，至死不招口供"等5条纪律。他们白天整训队伍，晚上出去抓地主，并着手准备以游击战形式打击白区敌人。

不料第三天晚上发生了意外，一连匪军由叛徒领路，荷枪实弹向石城寺扑来。匪军冲进寺内一阵疯狂扫射，由于猝不及防，13名赤卫连战士不幸牺牲，余下人员撤到灵山深处。

石城寺事件并没有使革命者丧失信心，反而深刻教育了他们，要时刻提高革命警惕，加强组织纪律性。很快，队伍重新组织起来。

半个多月后，信江特委派来三连红军，与石城赤卫连合力消灭了十都的挨户团，不仅在石城寺重新树起了红旗，还在双溪、左溪、高街等地建立了乡苏维埃政府，成立了第三区苏维埃政府。赤卫连长期在古寺一带打游击，打击白区敌人和土豪劣绅，将缴获的银圆和布匹送去红色省会葛源，有力支援了闽浙赣省政府。

石城寺后来遭毁，1997年重建。

余干县苏维埃政府在这里成立

⊙史 俊 史卫城

据 1991 年版《余干县志》载，余干县苏维埃政府于 1930 年 5 月 15 日在保庆峰庙公开成立。

保庆峰庙始建于唐朝初年，坐落在余干县黄金埠镇长源村，依山傍水，四周环绕着茂密的森林，呈现出独特而壮观的气势，大殿

保庆峰庙

前方是一个广场，可以进行祭拜和礼仪活动。土地革命时期，保庆峰庙寺主周氏等人，不惧白色恐怖，积极支持革命。

余干五雷苏区是方志敏、邵式平等无产阶级革命家创建的赣东北革命根据地的重要组成部分，方志敏、邵式平先后多次来五雷苏区视察指导工作。革命的火种熊熊燃烧，从上余干的崇山密林到下余干的湖港草洲，到处都有红军游击队在活动。

1930年5月，方志敏、邵式平等人来到保庆峰庙暗访，认为这个地方地处山区，柴草密布，便于隐蔽和撤出。于是，决定在这里召开余干县苏维埃政府成立大会，5月15日，余干县革命历史上第一个人民当家作主的革命红色政权——余干县苏维埃政府在保庆峰庙正式成立。大会选出政府主席、监察委员会主席、组织部部长、宣传部部长、团委书记、工会主席、妇青部长以及23名委员。与此同时，成立了县赤卫大队和鄱阳湖游击队两支革命武装。

余干县苏维埃政府下辖余干县信江以东的大片区域，含以五雷为中心的6个乡镇（五雷、峡山、杨埠、白马桥、古埠、黄金埠），下设5个区（含1个直属区）苏维埃政府，苏区发展到181个自然村，并延伸至与余干紧密相邻的万年县齐埠乡等周边地区，成为赣东北革命根据地的重要组成部分。神出鬼没的赤卫队、梭镖队使反动统治阶级惶惶不可终日，为创建红十军，建立巩固的赣东北革命根据地作出了应有的贡献。

如今的保庆峰庙成为余干红色旅游胜地，庙前的大理石碑，记录了中共余干县委和余干县苏维埃政府在此活动的历史背景和相关情况，将当年那段血与火的红色历史永远铭刻。

赣东北苏维埃革命的中转站

◎吕 中

1930年，上饶县（现广信区）西北乡的农民武装斗争风起云涌，红色区域日益扩大，苏维埃政权如雨后春笋般纷纷建立起来。4月19日，中共上饶县委在横山组织召开了1000余人参加的群众大会，宣布正式建立上饶县第七区苏维埃政府，将横山乡横峰寺定为临时办公场所。

横峰寺是当时横山面积最大的建筑，场地空旷，屋宇众多，临大路，又近山门岭通道口，一旦有情况，便于人员迅速撤离，进山隐蔽，是个十分合适的办公场所。

1930年3月底至4月初，国民党军利用赣东北红军主力向北集中之机，发动了第一次"清乡"，凡有嫌疑的劳苦群众，立即以"土匪头目"的罪名进行逮捕，70余人被抓走，36名革命群众遇害。面对敌人的残暴行径，革命群众并未被吓倒，5月，下畈、王家店、樟村、塘溪、月桥、罗桥、横山等地分别建立了乡苏维埃政权，上饶县第八区在此基础上创建，驻地仍设在横峰寺。

横山是苏区东部前沿的桥头堡，离国民党盘踞的上饶城只有十几里路程，国民党把它视为眼中钉、肉中刺。1930年12月上旬，国民党驻城部队组织3000多人马，仗着武器和人马的优势，气势

横峰寺

汹汹攻打横山。横山乡苏维埃政府和赤卫队根据形势，避其锋芒，撤出横山，转移到苏区内地清水乡左溪一带。杀进横山的国民党匪兵，找不到苏维埃政府和赤卫队，迁怒于当地百姓和横峰寺，烧毁了民房10余幢和横峰寺前殿。

1931年初，赣东北苏区组织红军一个团，联合横山乡苏维埃政府和赤卫队，收复了横山。为巩固和发展苏区，使革命运动迅速由上饶推向广丰、玉山、江山等地，1932年2月，方志敏等决定：以上饶苏区为基础，在旺青畈建立"上广特区"。1932年9月，上广特区机关由旺青畈迁至横山，驻扎在横峰寺。此后，上广特区机关充分发挥积极作用，发动群众打土豪、捉劣绅、侦察敌情、袭击敌人，不断给苏区运送食盐、布匹、西药等紧缺物品。在这场轰轰烈烈的革命斗争中，横峰寺发挥了中转站的重要作用。

上饶"补充连"的根据地

⊙吕　中

　　圣塘庙是上饶县（现广信区）最早的红色武装诞生地，以这里为据点，上饶县南部的游击队员在大山中坚持了多年艰苦的游击战争。

　　1930年初，闽赣苏区闽北分区派出武装人员，进入上饶县南部山区开辟新区工作。同年2月，闽北党组织派张瑞兴带领20余人，来到五府山禹溪一带活动，很快，队伍扩充到80余人。4月，民众会武装连在圣塘庙成立，称为"补充连"，由张瑞兴任连长。

　　圣塘庙始建于宋宣和年间，位于武夷山脉南上饶县五府山境内，海拔1300多米，三面环山，一面含狭长山谷，四周古木参天，只有一条羊肠小道出入，地势险要隐蔽，易守难攻。

　　补充连成立之后，在禹溪群众的配合下，积极发展革命武装，组织军事行动，活捉了吴元生等土豪，又将罚款用于购买武器、硝药，扩大武装组织。到6月，补充连已经发展到100余人，共3个排9个班，武器以土枪、土炮为主。圣塘庙成为补充连的根据地，出击的时候，这里是始发点，回撤的时候，这里是终点站。庙里的6个僧人也是穷苦人出身，他们深受革命思想影响，主动加入，成了补充连的秘密成员，常常出山为队伍探听消息、收集情报、购买药品、

圣塘庙

采购食物。

　　6月，补充连在甘溪鬼崽窝山上打了一场伏击战，活捉国民党保安团团丁40多名，缴获步枪40多支。12月，补充连配合闽北红军，在少帽岩阻击国民党军，歼敌20多人。战斗结束后，补充连开赴福建省崇安县（现武夷山市），编入闽北独立团。

　　此后，闽北独立团又派赵春华率领20余人、12支枪的游击队重回圣塘庙，在五府山禹溪、金钟山一带活动。1933年9月，上铅县独立团派员到禹溪区重新组建游击队。从1934年到1947年，这支游击队一直驻扎在圣塘庙，先后与闽北红军独立师、闽北游击队、武夷山游击支队等一同开展游击战争，发动群众，取得了一次又一次的胜利。

　　如今，圣塘庙这个上饶县最早的红色武装诞生地，旧寺换新颜，焕发出新的活力。

五王庙里办起了列宁学校

◎吕 中

　　1931年2月，赣东北苏维埃政府在上饶县（现广信区）湖村乡的五王庙内，开办了一所列宁学校。赣东北苏维埃政府从机关抽调文书熊旗担任列宁学校校长，另外配备了6名教职人员，还在童山、杨桥、磨岭、周源4个乡各办了一所夜校，由列宁学校老师兼课。

　　列宁学校学生有130余人，大多是少年儿童。4个乡夜校的学生则由少年儿童扩展到青年农民和妇女，以读报宣传、识字扫盲为主，帮助老百姓识文断字，知晓道理。

　　五王庙，曾是茗洋老街最繁华热闹的地方。相传，五王庙最早

五王庙遗址

五王庙遗址

供奉东皇公,叫"东皇庙"。后来,源于人们对谷物丰收、没有灾害、牛马健壮、水草丰美、百虫不侵的期盼,供奉上了苗王、牛王、马王、虫王、水草王,故又被称为"五王庙"。每逢春秋社祀,这里的戏台都要举行唱庙会、打醮等活动。

见到庙里建起了学校,五王庙主事不仅将庙产十余亩田地无偿提供给列宁学校管理使用,还把庙里库存的粮油豆等物资全部捐献给列宁学校食堂。当时,庙里收留了一位12岁的孤儿,主事决定将他托付给列宁学校培养,让他跟其他的孩子一样学习知识。这名孤儿一直在列宁学校读书,学校停办后,15岁的他决定跟随列宁学校的老师参加革命,加入了赣东北苏区红军,踏上革命征程。

方志敏率部北上抗日离开赣东北苏区后,列宁学校停办,前后开办了三年多时间。

1959年茗洋关水库建成蓄水后,茗洋老街的五王庙沉睡在了湖底。然而,人们永远不会忘记,波光粼粼的水面之下,曾经有一所列宁学校,在革命年代里,教育当地百姓懂得革命道理,引导他们走上革命道路……

七峰岩的革命壮歌

⊙吕　中

　　七峰寺，又名七峰古刹、七峰岩寺，始建于唐朝开元年间（713—741）。1941 年 3 月，国民党顽固派在上饶市郊区的茅家岭、周田、李村、七峰岩、石底等地，强占大量民房和整座七峰寺，建造了一座规模庞大的"人间地狱"——上饶集中营，关押皖南事变中突围未成的新四军官兵、抗日青年、爱国人士。

　　七峰寺所在的七峰岩位于田墩镇七峰村，是七峰山半山的一个天然岩洞。庙堂与岩洞之间有一个天井，栽种着一棵硕大茂盛的铁树。庙堂建有十几个居室，岩洞可容纳数百人。由于七峰寺处地偏僻，三面环山，只有寺前一条小路进出，寺洞隐蔽，便于看守，因此，国民党将高干禁闭室设立在七峰寺内，称为七峰岩监狱。

　　被押解到上饶集中营的新四军高级干部，大都先经这里关押审讯，尔后转囚到李村、石底、周田、西山等处的监狱。张正坤、冯达飞、陈子谷等新四军高级干部，都曾被关押在七峰岩监狱。

　　关押在七峰岩监狱的革命志士，手脚都被铐上重达 7 至 13 斤的铁镣。他们虽身负镣铐，但始终坚守自己的信仰，坚贞不屈。在昏暗的狱中，他们高唱《五月的鲜花》《囚徒之歌》来鼓舞自己；他们以联诗、演唱京剧的方式相互鼓励；他们戴着手铐、脚镣做军

七峰寺

上饶集中营旧址七峰岩高干禁闭室

上饶集中营旧址七峰岩高干囚室

操锻炼身体，希望有朝一日赴前线抗日。

　　中华人民共和国成立后，七峰寺高干禁闭室旧址按原状保存大小禁闭室 4 间。1988 年被国务院列为全国重点文物保护单位。

　　近年来，七峰寺重新焕发生机，晨钟暮鼓，梵音不绝。2007 年，七峰寺被评为省重点寺院，2022 年入选全省首批"五好"宗教活动场所。僧侣们从严持戒，规范弘法，坚持爱党爱国爱社会主义，践行着佛教与社会主义社会相适应的宗旨。

九江

点燃都昌县的革命火种

⊙付　彬

　　坐落在鄱阳湖南山风景区的全省文物保护单位——南山寺，始建于唐代，初名"清隐寺"，宋代更名"清隐禅院"，后改名为"南山寺"。

　　宋代著名文学家黄庭坚曾撰写《清隐禅院记》："余得意于山川以来，随食南北二十年矣，未尝不爱乐此山之美。故，嘉叹清隐之心，赏风月而同归清隐。"刻有黄庭坚书法真迹的石碑至今仍保存完好。苏轼、苏辙两兄弟也曾先后来到清隐禅院，留下了流传千古的诗句。1926年3月，中共都昌小组在南山寺的阁楼上秘密成立。

　　南山离县城1公里，山与城之间被鄱阳湖隔断，新中国成立前来往靠行船摆渡。南山寺位于南山山顶部西南侧半山腰，寺后东北有山岩，寺前为峭壁，地势险要。寺周围被青松翠竹环抱，周围丛林茂盛，地理位置隐蔽，是个从事秘密活动的好地方。

　　1926年3月下旬，共产党员刘越、谭和、刘肩三、王叔平、刘骋三在南山寺一栋青砖瓦房的阁楼上秘密集会，成立了中共都昌县第一个党小组，直属中共南昌支部领导，刘越任组长。党小组成立以后，革命火种在都昌县迅速燃烧起来，为都昌农民运动的蓬勃兴起打下了基础。

南山寺

刘肩三先后在汪墩后垅村、蒲塘庙办起了两所平民夜校，亲自给农民讲课，大力地开展党的宣传教育活动，发展党员。在刘肩三影响下，其兄、侄都参加了革命，一家出了刘肩三及兄刘贤扬，侄刘述尧、刘述舜、刘西山5位烈士。

历经岁月风雨的南山寺多次重修，1987年，寺庙再次进行了修缮。

如今的南山寺是江西省文物保护单位，也是都昌县爱国主义教育基地。

南山寺——中共都昌第一个党小组成立旧址

南山寺

在南山寺大门右楼厢房，设有红色文化纪念室，房间里古旧的八仙桌和四把镂雕木椅，还有桌上的那盏油灯，都是 90 多年前的历史原物。走进纪念室，当年几名党员围桌而坐，充满革命热情地讨论成立中共都昌县第一个党小组的场景，仿佛就在眼前……

马宗锦血洒金沙庵

⊙邵继量

都昌县多宝乡多宝回民村是当地唯一的少数民族行政村，革命烈士马宗锦血洒金沙庵的故事至今仍在这里传颂。

1927 年，江西的农民运动如火如荼地展开，各地农民协会不断发展壮大，马宗锦带领都昌多宝、左里的九区农民协会也积极行动起来。

那年的初夏，油菜籽获得了难得的丰收，可老百姓却一个个面露愁容。原来，当地的大土豪、都昌左里靖卫团总陈范五强行要求老百姓只能将油菜籽低价卖给他，不准卖给其他商贩。

九区农会骨干决定：统一收进老百姓的油菜籽，集中榨油，代行销售，农会不赚一分钱。陈范五知道后，恨得咬牙切齿，岂肯善罢甘休，他决定杀害农运领袖马宗锦，铲除农民协会。

6 月 7 日晚，在左里城山岭庙一间不起眼的小屋里，九区的农会骨干正召开会议，商议下一步工作。马宗锦因晚上要上户做工作，没有参加。

会议开到一半，门外突然传来一阵阵急促的狗叫声，大家立刻吹灭油灯，准备分散行动，没等他们打开门，十多个手持刀棒、火把的歹徒闯进屋里，不由分说把手无寸铁的 7 名农会骨干全部捆绑

都昌城山岭庙

起来，并连夜把他们秘密带到了位于多宝的金沙庵进行拷打。

金沙庵地处偏僻，原是一个庙，因为没什么香火，就成了一座破屋。

第二天一早，马宗锦听到农会骨干遇袭的消息，心急如焚，决定立刻赶往金沙庵救人。村里的人劝他，别人躲都来不及，你这不是去送死吗？！马宗锦回答："为革命，去死也值得！"此时，他早已把自己的生死置之度外，只想去救人，他急奔5公里，赶到金沙庵。

为了能救出农会骨干，马宗锦放缓语气劝说着陈范五放人，可陈范五根本不买账，一挥手，立马从屋里冲出几个打手把马宗锦团团围住。一个歹徒窜上前一刀砍下了马宗锦的右臂，马宗锦顿时血流如注，当场就昏死过去，鲜血染红了屋前的那块草地。

醒过来的马宗锦义正词严地斥责着歹徒，这时，一根铁棒迎头打来，马宗锦壮烈牺牲，年仅22岁。

得知消息的村民向金沙庵涌来，越聚越多。陈范五害怕了，下令把抓到的人就地处死。7名农会骨干除余宝华被营救外，其余6名遇害。这就是震惊全省的"6·8左蠡惨案"，当地人称为金沙庵血案。

2003年，当年7名农会骨干被抓走的地点——城山岭庙重修完成，寺庙外墙上，镶嵌着一块青石碑，记述了当年那段悲壮的历史。

张家洲农协会成立

⊙黄雅晴

九江市柴桑区江洲镇西南部有个回龙庵，据史料记载，明成化年间（1465—1487），江水泛滥，有一木龙头，流淌泊于前埂、老洲界，有缘善叟，瞻仰诚拜，筹建回龙庵。

1927 年春，毛泽东在武昌创办了中央农民运动讲习所，极大地推动了长江沿岸各省的农民运动。在九江，党组织号召共产党员深入农村，发动土地革命。根据上级的安排，徐玉书回到故乡桑落乡开展革命工作。

徐玉书，1900 年 10 月出生于德化县桑落乡张家洲（现九江市柴桑区江洲镇）后埂村的徐家墩。青少年时期一直在外求学。工作后，他结识了共产党人，接受了马列主义。1925 年，徐玉书秘密加入中国共产党，并迅速成长为九江工人运动的领袖。这位农民出身的知识分子，善于联系实际讲述革命道理。他从"谁养活谁"入手，深入浅出地给劳苦大众宣讲革命，传授马列主义。很快，他就在家乡组建了桑落乡农会。

1927 年春夏之交，张家洲农协分会在张家洲回龙庵挂牌成立，当天，回龙庵锣鼓喧天、人声鼎沸，庵前庵后红旗招展、爆竹遍地。农民赤卫队队员手持梭镖、大刀、长龙等，个个精神抖擞、虎气十

回龙寺（原回龙庵）

革命烈士纪念碑

足，大家高呼"打倒列强！打倒列强！"等口号，气氛热烈，会场四周贴满了徐玉书手写的"打倒土豪劣绅！""废除不平等条约！""联俄联共！扶助农工！""取消租课！平均地权！""拥护三大政策！""耕者有其田！"等标语。成立大会上，徐玉书慷慨激昂地宣布："今日非比从前，一班土豪劣绅黜退，此际应当除旧，几辈地痞狂徒滚开！"

会后随即开展了轰轰烈烈的分田分地运动。一时间，九江一带的地主豪绅心惊胆战，不得不向人民低头，劳苦大众扬眉吐气。徐玉书的大名迅速传遍九江大地、长江南北。

1927年，蒋介石背叛革命，发动四一二反革命政变，革命形势急转直下，白色恐怖迅速笼罩九江。当年8月，徐玉书不幸被捕。8月9日上午，徐玉书被国民党反动派枪杀于九江大校场，时年27岁。一同遇难的还有25位同志。

中华人民共和国成立后，回龙庵被改建成仓库，1993年5月，回龙庵在原址复建，后更名为回龙寺，寺内建有江洲镇革命教育基地烈展室，当年那段轰轰烈烈的革命历史将永远铭记在人们心中。

《修江潮》诞生记

⊙冷春晓

在修水县城余家巷 70 号，有座始建于明代的财神庙，90 多年前，中共修水县委第一张机关报《修江潮》就在这里诞生。

1929 年农历大年三十晚上，修水县城里的路上几乎没有行人，街头巷尾时不时传来一阵粗野的吆喝声。忽然，两个行色匆匆的身影闪进了县城里的财神庙。这两个人是修水县工会干部冷裁缝和县里小有名气的余秀才。

当时红色苏区主要在修水北部、西部发展，白色恐怖笼罩着修水县城，国民党反动派在县城疯狂屠杀爱国人士。为了更好指导全县工作，坚定人们打土豪劣绅、除恶务尽的决心，让大家看到希望的曙光，中共修水县委决定在县城编印机关报《修江潮》，发往修水全县。

这个重要而光荣的任务落在了以裁缝身份作掩护的工会干部冷裁缝和乡土作家余秀才身上。余秀才曾创作过多幕话剧《可怜穷人》，轰动整个苏区，他主要负责报纸的文字。只见他伏在案上，先是认真编写稿件，文稿完成后，又拿起铁笔刻写蜡纸。因为条件有限，搞不到油印需要的蜡纸、油墨。冷裁缝就想了个土办法：用皮纸加蜡制成蜡纸，用煤油熏烟自调油墨，又以竹片夹旧橡皮做刷

财神庙

子代替油印机，印出来的报纸倒也像模像样。两人一张一张地印起来，熬了个通宵，终于将几百张《修江潮》全部印完。天一亮，几个交通员就匆匆赶到财神庙，取走报纸，向百姓散发。

中共修水县委的第一张机关报《修江潮》的诞生，对于鼓舞全县人民的革命斗志、指导区乡工作有着重要意义。

随着革命形势的发展，1931年1月，中共修水县委又创办了油印半月刊《列宁之路》；3月，又和少共县委合办了四开油印周刊《红日》；6月，周刊《修江潮》改为三日刊《工农报》。

虽然如今已经找不到当年油印的《修江潮》实物，但在1930年6月27日的《湘鄂赣边境特委工作报告（第一号）》中还能找到它的踪迹："现在边境各县除宜春、宜丰、通城无经常的刊物外，其他的均有，如……修水的《修江潮》、通山的《赤光壁报》等。"

2022年，修水余家巷财神庙被评为全省首批"五好"宗教活动场所。

从五爪樟到三爪樟

⊙释能行

　　位于庐山南麓庆云峰下的万杉寺，自南梁初创至今已有 1500
余年历史，寺庙前有棵千年古樟，如今依然枝繁叶茂、葱茏劲秀。
千年古樟原有五大枝干，故被称为"五爪樟"，抗战时期，被日军
炮弹炸毁二枝，成为三爪。千百年来，古樟默默无语，倾听古刹的
晨钟暮鼓，也见证了万杉寺僧人积极抗日的光辉岁月。

　　1938 年 7 月，日本侵略军攻陷马当要塞，占领了彭泽、湖口、
九江和星子（现庐山市），企图沿南浔铁路占领南昌，从东南面包
抄武汉，一举消灭长江以南的中国军队。中国军民展开了英勇的武
汉保卫战外围战，赣北成为阻击日本侵略军的重要战场。国民党第
五十二师奉命在万杉寺坚守，第五十二师副师长唐云山、团长顾锡
久等人在万杉寺内开设指挥所指挥战斗。

　　当时万杉寺共有几十位僧人常驻，在激烈的战斗中，昔日只知
参禅念佛的万杉寺僧众同仇敌忾，挽起袖子积极支援配合部队。
在枪林弹雨中，僧人们冒着生命危险为阵地上的士兵送水送饭，抬
运伤员，主动腾出寺院房舍救治伤员，还拿出寺院所存大米为伤员
熬粥。

　　日军在小山冲冲口的万杉坞附近，架设了山地炮和迫击炮，向

万杉寺

万杉寺古树

万杉寺发炮轰击。1938年9月3日晨，日军共发射百余发炮弹，万杉寺的古木、殿宇、楼阁、斋堂等大部分被炸毁，见证寺院千年沧桑的五爪古樟未能幸免，被日军炮弹炸毁二枝，仅存三枝，奄奄一息。

在守军完成阻敌任务撤退后，日军冲入万杉寺内，抢走了万杉寺大量文物、珍贵字画，烧毁了万杉寺的剩余建筑，屠杀僧人。全寺除一位僧人藏入废墟中躲过一劫之外，其余几十位僧人都惨遭杀害。

从五爪樟到三爪樟，伤痕累累的千年古樟记录了日本侵略军的滔天罪行，见证了中国军民和万杉寺僧众同仇敌忾、保家卫国的光辉历史。

新的时代，万杉寺焕发出新的生机，如今的万杉寺殿宇楼阁俨然，重现昔日的辉煌，成为全国创建和谐寺观教堂先进集体和著名的佛教道场，入选全省首批"五好"宗教活动场所。寺前的千年古樟也焕发出勃勃生机，郁郁葱葱，枝繁叶茂，一如既往守护着古刹，见证着古刹今天的繁盛。

庐山抗战英雄陶贤望

⊙魏　平

陶贤望，1901 年出生于星子县（现庐山市）一个殷实的基督教家庭，长期在九江庐山地区开设诊所，行医为生。

1938 年夏，江阴失守后，抗战形势急剧恶化，为安置伤兵，当时的国民政府征召社会医务工作者，在庐山牯岭西街成立了战地红十字医院。此时，陶贤望医生与当护士的妻子叶德恩为躲避日机轰炸，已经从老家星子县逃到了庐山上，于是夫妇俩一起报名，加入了战地红十字医院。

1938 年 7 月，日军将庐山团团包围，开始进攻庐山。随着庐山周边地区相继沦陷，庐

陶贤望

庐山河西路441号（原冯玉祥将军别墅），庐山伤兵难民医院所在地

山已成"孤岛"，庐山守军成为孤军。

守卫庐山的战斗日趋激烈，每天都有一二十位伤员送到医院来。常常是刚处理好一个伤员的伤口，还来不及清洗双手，另一位伤员就被抬了过来。陶贤望和身怀六甲的妻子叶德恩吃住在医院里，不辞辛劳、废寝忘食、连续奋战在救治第一线，为庐山保卫战竭尽全力！

陶贤望不但要做手术、开药方，还要帮着抬伤员、搬运物品，但他总是满脸笑容地抢着干重活累活；伤员急需输血，血源不足，他不止一次挽起袖子无偿献血；好几回，陶贤望因过度劳累病倒了，但他吞下几片药，又继续投入

庐山基督教堂

到救治伤员的工作中去。

　　庐山保卫战坚持了 8 个月零 23 天，1939 年春，日寇大举进攻，庐山沦陷。陶贤望因抢救处置伤员，没能及时随大部队突围，滞留在庐山。1939 年 11 月，积极参与抗日活动的陶贤望被叛徒告发，遭日本特务机关逮捕，他受尽折磨、坚贞不屈。几天后，被日寇捆绑着塞进麻袋投入鄱阳湖，壮烈殉国，时年 38 岁。

南昌

一个长颈瓷瓶的故事

⊙南昌市基督教两会

2017 年南昌起义 90 周年之际，南昌八一起义纪念馆从库房中精心挑选出一批珍贵的馆藏文物展出，其中，几件精美的瓷器引起了观众的浓厚兴趣，成为"明星文物"。尤其是那个半米高的康熙官窑绿地五彩牡丹凤鸟纹长颈瓶，它通体以翠绿色釉为底，搭配红、青、黄、紫各色，凤鸟、牡丹花等图案栩栩如生。作为一所革命类纪念馆，为什么会有这样的藏品，这些"奢侈品"与南昌起义有着怎样的关系？

刘平庚牧师

原来，这些精美瓷器曾经的主人是南昌起义的主要领导者之一——贺龙，而今天我们能看到这些珍贵的文物，要感谢一个人，那就是红色牧师刘平庚。

1927 年，第一次国共合作全面破裂，大革命失败，血雨腥风中，中国共产党人没有屈服，决定举行南昌起义。1927 年 7 月 23 日，谭平山将起义计划告诉了时任国民革命军第二十军军长的贺龙。当时贺龙还不是共产党员，但他的政治立场已经发生了转变，他相信只有共产党才能救中国！

7月15日，第二十军先遣人员走进了南昌市子固路245号中华圣公会，这里前后共有两幢砖木结构小洋房，临街的一栋为宏道中学和宏道堂，后院的小洋楼为中华圣公会南昌宏道堂负责人刘平庚牧师的住所，因为离牛行车站不远，离敌人第五方面军的总指挥部和省政府也很近，而且教堂的特殊性，对掩护起义十分有利。于是，先遣人员找到刘平庚牧师，提出借用房屋。

贺龙赠送给刘平庚的绿地五彩牡丹凤鸟纹长颈瓶

刘平庚，1899年出生于安徽安庆，20世纪20年代初毕业于上海圣约翰大学，先后在美国伯克利神学院和耶鲁大学深造。刘牧师同意借用房屋，并表示愿尽其所能提供帮助。

几天后，刘平庚第一次见到了贺龙。眼前的贺龙身穿一套灰布军装，精神饱满。贺龙走上前，和刘平庚亲切握手，面带微笑地说："我这次来，情况紧急，在你这里可能要打扰几天了，希望你不要介意。"

刘平庚连忙说："您尽管在这里住下，天气太热了，有什么需要的请您及时告诉我。"

宏道堂成为第二十军指挥部，刘平庚把自己的卧室、书房和餐室都腾给贺龙使用。周恩来、贺龙、朱德等人在宏道堂召开了一系列重要会议，很多起义的命令和计划就是在这里制定的。

8月1日凌晨，战斗打响了。战斗十分激烈，宏道堂三楼的临街窗口至

南昌起义贺龙指挥部旧址

今还留有当年的弹痕。亲历全过程的刘平庚回忆，天亮之前，他听到贺龙说："快结束了。"第二十军终于攻克下了南昌城内兵力最强、最顽固的敌人堡垒——敌总指挥部。

南昌起义打响了中国共产党武装反抗国民党反动派的第一枪。8月5日半夜，即将撤离南昌的贺龙专门来找刘平庚，他指着墙角的几件瓷器对刘平庚说："最近这些日子多有叨扰，这些东西我以后用不上了，如果你不嫌弃的话，送给你留作纪念。"贺龙将这些陪伴自己多年的珍贵物品送给刘平庚，一方面是对刘牧师的无私帮助表示感谢；另一方面，更表达了自己决意抛弃荣华富贵，成为无产阶级革命者的决心。

大部队撤离后，刘平庚利用牧师身份，多次前往教会所办的南昌医院，看望慰问受伤的起义军战士，还保护过一位被国民党反动派追杀的起义军战士，并将他平安送至安全地带。

刘平庚一直悉心保管着贺龙送给他的瓷器。20世纪50年代，南昌八一起义纪念馆开始建设，他毫不犹豫将这些瓷器全部捐出。

1975年，刘平庚牧师在南昌病逝，他为南昌起义所作的贡献永远铭记在党和人民心中。

南昌起义军驻军李渡

⊙李俊刚

　　位于南昌市进贤县李渡镇抚河码头口岸处的李渡万寿宫，始建于唐贞观（627—649）年间，是抚河沿岸闻名遐迩的道教活动胜地。自建成起，李渡万寿宫便香火旺盛，殿内明灯长年不熄，有"日有千人朝，夜有万盏灯"之说。每逢社火祭日，抚河沿岸数县的香客蜂拥而至，热闹非凡。晏殊、晏几道、李瑞清等诸多历史名人也曾多次慕名而来，进香朝拜。

　　李渡万寿宫正门有一座高大的戏台，俗称"风雨台"，台下可容纳数千人。风雨台见证了李渡镇历史上诸多大事件。

　　1927年南昌起义成功后，起义军按照原先制定的"先取东江，次取广州"的计划，分批撤离南昌。国民革命军第二方面军第九军副军长朱德率第九军从南昌向抚州进发，途经李渡镇。

　　李渡镇农会主席、中共柴埠口党支部书记汤双禧，率领工农群众，将部队迎入李渡万寿宫内。当晚，朱德在万寿宫观音堂内主持召开会议，宣读了《八一起义宣言》，并发给汤双禧12支步枪，嘱其武装工农，再造革命声势。

　　8月4日，朱德走上李渡万寿宫风雨台，向李渡镇数千工农群众宣讲革命。朱德以自己弃文从戎，从滇军名将到起义军军长的人

李渡万寿宫

生经历，再讲到自己在法国、德国、苏联的考察见闻，向广大群众深入浅出地讲述革命道理：中国要实现共产主义，要实现穷人当家作主，要让大家都有工作有饭吃，要坚持革命直到取得胜利！朱德的讲话听得台下的工农群众热血沸腾，40多人当场报名加入部队。

8月5日，部队继续南下，临行惜别之际，朱德再次感受到了李渡镇群众对共产党的拥护和信任。万茂酒坊邓掌柜依依不舍地对朱德说："我们相信你带着江西的娃去革命，一定能成功。你走后，我每年酿一坛子酒埋在酒窖里，一直到你革命成功，带着娃们回李渡，我们再为你庆功。"

中华人民共和国成立后，李渡万寿宫内还建起了一座"乡贤祠"，纪念汤双禧等革命烈士和乡贤。

李渡万寿宫是全省首批"五好"宗教活动场所之一。如今，为了把这段光荣的红色岁月永远保存下来，李渡万寿宫对风雨台、乡贤祠等道观建筑进行了整修，正以全新的面貌展示在世人面前。

新建西山镇南昌起义三周年纪念大会

⊙范金燕

1930 年 7 月 30 日拂晓，毛泽东、朱德率领红一军团一万多人由高安祥符、招山进入新建西山草山村、猴溪村一带，逼近南昌。

闻听是毛泽东、朱德率领贫苦百姓自己的红军来了，西山玉隆万寿宫住持李宗隆道长、知客熊宗源道长带领俗家弟子大开山门迎接红军。李宗隆道长腾出自己的丹房给毛泽东做办公室兼卧室；道长们把三官殿内的法器搬到高明大殿，腾出三官殿作为红一军团司令部。

当天，毛泽东、朱德召集红一军团师以上干部在西山玉隆万寿宫召开军事会议，根据敌我双方力量对比，会议决定放弃正面攻打敌军兵力雄厚、戒备森严的南昌城，派出两纵队兵力到新建石子垅、生米一带，以牛行车站为攻击目标。8 月 1 日上午，毛泽东、朱德在西山街主持召开南昌起义三周年纪念大会，红一军团官兵和附近群众 2 万多人参加。

位于南昌市新建区西山镇的西山玉隆万寿宫，是中国道教净明道的发祥地，为祭祀、纪念东晋名道许逊而建，迄今已有 1600 余年的历史。毛泽东、朱德等在西山玉隆万寿宫住了四天三晚。虽然停留的时间比较短，但在这里，红军赢得了新建百姓的支持和爱戴，

西山玉隆万寿宫

西山玉隆万寿宫保留的红色标语

播下了革命的火种，留下了浓重的红色印记。

起初，当地老百姓不了解红军，害怕他们像其他军队一样强取豪夺，所以都躲着红军。没想到红军不但不欺压百姓，还帮助农忙的百姓干农活，不要任何回报。晚上，没有地方可以休息的红军，宁愿睡在田边路边，也不去打扰当地百姓借宿。

红一军团在西山、石埠、生米、望城开展了一系列活动，宣传"红军是工农的军队""红军保护老百姓"等，用石灰水、墨汁书写了大量标语。

红军的实际行动和深入人心的宣传让当地百姓备受感动和鼓舞，从心里认可红军真的是人民的红军，许多老百姓纷纷要求参加红军，跟着红军一起打土豪、干革命。

如今，记录军民鱼水情的西山玉隆万寿宫古柏参天，钟响磬鸣，香客云集，是远近闻名的文化旅游胜地和道教养生福地，入选全省首批"五好"宗教活动场所。走进西山玉隆万寿宫，依然可以看到一面青石墙壁上的几个大字"红军是工农的军队"，这正是当年红一军团进驻西山玉隆万寿宫，用墨汁书写的标语，经过90多年的风雨洗涤，历久弥新。为记录那段红色历史，西山玉隆万寿宫专门建设了占地面积1600平方米的红色驿站，图文并茂地展示了发生在这里的红色故事。

清真寺喜迎南昌解放

⊙袁仙群

走进南昌市清真寺，鲜艳的五星红旗高高飘扬，格外耀眼。从 1949 年开始，五星红旗就飘扬在这座清真寺。

南昌市清真寺，始建于康熙十二年（1673），原位于西湖区醋巷 15 号，史称"醋巷清真寺"。抗战期间，南昌沦陷，滞留在城内的 30 余户回民避居寺内，这里成了难民收容所。1949 年 5 月 23 日，南昌解放的第二天，时任南昌市回民工

姚道溍

作组组长的姚道溍与二儿子、中共地下党员姚冷一起，在南昌市清真寺大门口组织全市回民集合，上街欢迎人民解放军进城。姚道溍走在队伍最前面，带领回民群众高呼"拥护中国共产党、拥护人民解放军""中国共产党万岁、毛主席万岁"。

姚道溍还组织回民群众在清真寺大厅召开庆祝南昌解放联欢会，为大家讲解南昌市军事管制委员会颁布的"约法三章""三大纪律八项注意"，引导广大回民群众自觉团结在中国共产党的周围，以实际行动迎接全国解放。

姚道瀋（1893—1963），字哲斋，回族，江西南昌人，年轻时从事教育工作，曾任教于南昌珠市小学、吉安城西镇小学，后在南昌渊明南路、嫁妆街、象山南路等地开设眼科诊所。南昌解放后，姚道瀋送三个儿女参加解放军，投身解放大西南战役。姚道瀋曾先后担任江西省人大代表、江西省政协委员。1960年参加南昌市少数民族代表团赴全国各地参观访问，受到周恩来总理亲切接见。

1949年10月1日，中华人民共和国中央人民政府宣告成立，南昌市清真寺第一时间升起了五星红旗。自此，五星红旗一直高高飘扬在南昌市清真寺，成为引领南昌市穆斯林群众不断前进的旗帜。

2012年12月26日，南昌市清真寺迁入新址——红谷滩区碟子湖大道188号，目前是全市唯一对外开放的清真寺，也是穆斯林举行宗教仪式、传授教义的场所。南昌市清真寺先后获"全国宗教界先进集体""首届全国创建和谐寺观教堂先进集体""全省和谐寺院""全省五好宗教活动场所"等荣誉。

南昌市清真寺新貌

宜 春

万人大会掀起革命热潮

⊙樟树市民族宗教事务局

位于樟树市临江镇的临江万寿宫，始建于明洪武年间（1368—1398），距今已有600多年的历史。临江万寿宫既是道教宫观，也是江西会馆。宫深五进，砖木结构，门楼青石壁嶂，素雕花木、戏剧、翔禽图案，工艺精湛，栩栩如生。每年农历八月初一庙会，周围一带的信众都会前来朝拜，多时有万余人。

1930年8月，红一方面军第二次攻打长沙失利，9月29日召开的袁州会议，决定夺取江西政权，红一军团随即攻打吉安城。

10月13日，红一军团在吉安发布《移师北上向清江集中》命令，红军主力奉命到清江（现樟树市）集中，向袁水流域推进。红三军团军团长彭德怀、政委滕代远率部由南门入城，兵不血刃地占领了清江县城（现临江镇），驻扎县城的县保安队、警察队相继溃逃。

红军进入清江后，为了不打扰当地群众，选择驻扎在当时空无一人的临江万寿宫。当地一些在大革命时期就参加过工运、农运的同志，主动到万寿宫向彭德怀汇报情况并积极开展工作，商量成立苏维埃政府。

1930年10月下旬，红军在临江万寿宫召开工农代表和万人大会，彭德怀在大会上发表了热情洋溢的讲话，号召工农群众起来闹革命，推翻国民党反动统治，惩办贪官污吏，建立苏维埃政权，掀起打土豪、分田地的土地革命热潮。清江县工农兵苏维埃政府正式成立，大会选举产生县苏维埃政府主席，以及组织、宣传、土地、经济、文化、武装、肃反等委员，与会者举手表决并热烈鼓掌通过县苏维埃政府成员名单。苏维埃政府机关就设在临江万寿宫隔壁的清江户局。

清江县工农兵苏维埃的火花点燃了革命之光，区、乡苏维埃和农民协会纷纷建立起来，至此，清江河西地区成为一片红色地区，为以后的革命事业打下坚实的群众基础。

2018 年 3 月，临江万寿宫与清江户局被列为江西省第六批文物保护单位，目前已经成为樟树市重要的红色教育基地。

临江万寿宫

一颗哑弹

⊙修玉红

1949 年，刘伯承在丰城指挥渡赣江战役，在当地的拖船万寿宫遭遇了一次"有惊无险"的轰炸。

1949 年农历五月二十日，刘伯承率大军来到位于丰城、清江（现樟树）、新淦（现新干）一带的赣江边，准备渡江北上围剿敌人。为迷惑敌人，他决定来个出其不意，选择在毫不起眼的丰城拖船埠渡口渡江。

拖船是丰城的西大门，与樟树市交界，滔滔赣江穿境而过。因为怕惊扰老百姓，部队没有进村入户，而是沿赣江堤口驻扎下来，刘伯承则借住在拖船万寿宫里。拖船万寿宫始建于 1939 年，宫前搭有戏台，在当时的清江、新淦、崇仁、高安等县颇有影响。

刘伯承把指挥部设于拖船万寿宫，他白天登上大堤查看地形，晚上借着供桌上的烛光仔细研究地图，考虑作战部署。

国民党军队为阻挠解放军渡江，派飞机前来轰炸。敌机在拖船埠扔下三枚炸弹：一枚落在江心，炸起了一江河鱼；一枚落在大堤下的天府庙，把庙宇炸塌；还有一枚不偏不倚，正好落在万寿宫内刘伯承摆放地图的木香案上。

炸弹砸穿房顶落下，把香案砸了个大洞。可说来也奇怪，这炸弹居然没响。当地百姓纷纷说刘伯承"命大福大",共产党"洪福齐天"。

第二天天刚蒙蒙亮,刘伯承率军悄悄渡过了赣江,神不知鬼不觉地"飞插"到丰城县城赣江北岸不远处的曲江仙姑岭附近。解放军与国民党军队激战四天四夜,把盘踞在仙姑岭、狮子山的国民党的3个正规师的兵力全部吃掉,取得了解放丰城的胜利。

20世纪70年代末,因加固赣江大堤,拖船万寿宫和古戏台被拆,但村里人一直珍藏着当年刘伯承使用过的这张香案。1992年,在修建新的拖船万寿宫时,熊定安老人将父辈珍藏保护好的香案修整一新,摆放在拖船万寿宫新址内,香案成为当年那段红色历史的最好见证。

丰城拖船万寿宫

施志学参军

⊙宋崇道

1950 年 10 月 19 日，英雄的中国人民志愿军将士雄赳赳、气昂昂，跨过鸭绿江，开始了抗美援朝的伟大征程。

国家危难之际，宜春市袁州区的一位道长响应国家战时之召，毅然脱下道袍，报名参军，他就是施志学。

施志学，1924 年出生在袁州区，13 岁的他正式入道，师从宜春著名道长丁晋宗。学道之初，正值日本发动全面侵华战争，丁道长一直教导弟子，道教是以爱国为首位的宗教，"丹心护国，道心佑民"，要积极发扬道教的爱国传统。师父还讲了很多抗日时期各地的道士们下山救世的故事，在年少的施志学心里埋下了强烈的奋进心和正义感。

抗美援朝战争开始后，施志学想起了师父曾经的教导，还有抗战时期下山救世的道教人士，国家危难，责无旁贷，他决心像前辈一样，为国出征、上阵杀敌。

施志学一到部队就投入日夜大练兵，苦练了近一年，1951 年冬，部队召开参战动员会，准备向前线开拔。战士们纷纷写下《请战书》，并在新领到的衣服、鞋子、皮带上面做好标记，注明籍贯、姓名。就在大家做好一切准备，就等一声令下上阵杀敌时，部队接到停止

施志学道长

施志学的复员军人证

参战命令。

　　1953 年 7 月 27 日，朝鲜停战协定签字仪式在板门店举行，朝鲜战争宣告停战，中国人民志愿军以正义之师行正义之举赢得伟大胜利。

　　如今，走过百年的施老依然耳聪目明，精神矍铄，轻盈干练，还可以用毛笔写蝇头小楷的道教文疏。尽管没能上前线，但施老档案里的"六类参战"信息，将他与那段历史紧紧联系在一起，成为他百岁人生中光辉的一笔。

抚州

抚州会馆里的进步青年

⊙吕明

在抚州市区文昌桥东有一栋气势磅礴的古建筑，这是当地百姓为纪念许逊而建的许仙祠，后改名为"玉隆万寿宫"。

20世纪早期，因地处城市中心，玉隆万寿宫逐渐成为临川（现抚州市）商人聚会和社会集会、结社的活动场所，被称为"抚州会馆"，"临川四梦"等戏剧经常在玉隆万寿宫的戏台上演。当地不少进步青年把这里当成活动的重要据点。

1919年，五四运动风起云涌，临川学生奋起响应。5月15日，还在江西省立第七中学读书的傅大庆率领同学走上街头，声援北平学生反帝反封建的爱国运动，临川的青年学生和工人纷纷加入。

为了扩大爱国运动的影响力，唤醒更多国人参加，暑假期间，傅大庆又与在北平、上海、九江、南昌等城市读书归来的章涤昌、傅烈等人，创办剧社，在玉隆万寿宫排演《东亚风云史》《蔡锷脱险》等剧目，开展爱国宣传。那段时期，他很少回家，他把玉隆万寿宫、把剧社当成了家。也是在这个时候，傅大庆通过阅读章涤昌从北平带来的《新青年》《每周评论》等进步刊物，明白了"有国才有家"的道理，立志要为广大老百姓创造一个安居乐业的世界。傅大庆从

抚州玉隆万寿宫

玉隆万寿宫走上了革命道路，1921 年赴莫斯科东方大学学习，并加入中国共产党，1927 年参加南昌起义。抗战胜利前夕，被日本侵略者残忍杀害。

1924 年，舒同考入江西省立第三师范学校，受新文化思潮影响，与好友李井泉等发起组织"读书会"，探讨马克思主义理论。1925 年，舒同在校庆十周年纪念刊上发表《中华民国之真面目》，无情地揭露北洋军政府"民主、共和、自由、平等"的虚伪性。舒同等人先后多次在当时临川的文化中心和商业中心玉隆万寿宫组织集会、发表演说，传播新文化、新思想，还在此公演了《复辟儿戏》等九出反帝反封建的"文明戏"。正是在玉隆万寿宫的那段革命经历，让舒同深刻认识到资产阶级不能救中国，只有伟大的无产阶级才能拯救人民于水火之中。

革命年代，玉隆万寿宫成为临川传播新文化、新思想，开展革命工作的重要场所，唤醒了许多有志之士。

2013 年 5 月，抚州玉隆万寿宫被列为全国第七批重点文物保护单位。

临川福音堂红色旧事

⊙金长剑

　　1927年8月1日，中国共产党在南昌打响了武装反抗国民党反动派的第一枪，中国共产党领导的人民军队从此诞生。8月3日，起义军开始撤离南昌，准备南下广东。

　　起义军途经临川（现抚州市）时，当地群众张贴标语，手执彩旗，夹道欢迎起义军，并召开了盛大的军民联欢大会。

　　福音堂建成于1888年，是临川第一座基督教堂，位于州学岭路。教会大院占地20余亩，包括尖顶的教堂、西式的牧师楼、两层楼的传道士住宅，还有整齐有序的附属房屋数十间。教会还在姚家巷泰山背豫章会馆内开设"豫章高级小学"，兴办女子学校，培养了不少人才。

　　8月8日，中共临川特支在福音堂召开全县党员、团员和积极人士大会，会议号召党员、团员、工人纠察队员、农民自卫军队员参加起义部队。未暴露身份的党员留下来坚持斗争，其他党团员及工农武装随军南征。南昌起义部队在临川进行了整编，组建了第二十军第三师，李井泉、许瑞芳、章应昌等党团员、青年师生300多人，以及工人纠察队员、农民自卫军队员120多人，跟随起义军踏上了征程。

临川福音堂（今抚州宏恩堂）

抗日战争时期，日寇侵入江西，并多次派飞机到临川实施侦查和轰炸。为了做好预警工作，位于临川市区制高点泰山背区域的福音堂，将教堂的钟楼奉献出来，作为防空瞭望塔。每天都有警察驻守在钟楼上，对日寇飞机做出预警。正是因为如此，1939 年 7 月 13 日，日军飞机第二次轰炸临川，将福音堂列为重点目标进行了定点轰炸。在这次轰炸中，福音堂以及教会开办的德华小学和豫章中学等教会房产一同被炸毁。

1983 年，福音堂进行了重建，1990 年，又再次在教堂的前端进行扩建延伸，结合实际建造了部分现代式建筑。如今的福音堂规模不大，小巧玲珑，风格东西合璧，各种功能齐备，成为城区基督教徒的主要活动场所。1999 年 5 月，福音堂改名为"宏恩堂"。

南昌起义军驻扎圣若瑟大教堂

⊙张胜义

在抚州市文昌里灵芝山路，有一座"粉色"的教堂——圣若瑟大教堂（亦称"抚州天主堂"）。教堂的外墙和内墙都以粉色色调为主，充满了异域风情，独具特色的建筑风格吸引了众多游客纷纷前来"打卡"，感受这座粉色教堂的浪漫。然而，大多数人却并不知道，这座粉色教堂还有着一段红色的历史。

圣若瑟大教堂始建于清光绪三十四年（1908），1918年竣工，整个教堂占地面积3850平方米，建筑面积2109平方米，当时是排在全国前列的大型教堂之一。教堂前后共有6座塔楼，教堂内有58根红色科林斯柱，粗壮挺拔。教堂四壁嵌有13.5米高的花饰高窗，多达14200块彩色玻璃折射出五彩缤纷的颜色，烘托出教堂的神秘与庄严。教堂创办有震华小学、德华小学、真光中学、老人堂、育婴堂等慈善教育事业。

1927年4月至6月，朱德率领南昌第三军军官教导团在临川（现抚州市）剿匪时，就住在圣若瑟大教堂，在当地播下了革命火种。同年8月，南昌起义取得胜利后，起义军撤离南昌，转战广东。8月6日至8日，朱德、贺龙、陈毅、彭湃、恽代英等率起义军相继抵达临川，起义军总指挥部和部分官兵也驻扎在圣若瑟大教堂及

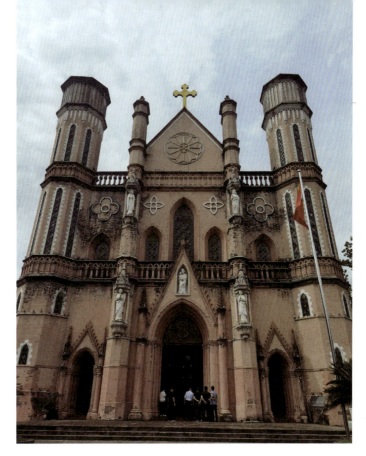

圣若瑟大教堂

附属建筑内。

1930年，天主教会在圣若瑟大教堂开办了爱德诊所，由懂医术的教职人员担任医生，为教徒治病。

抗日战争期间，圣若瑟大教堂遭到日军飞机轰炸，多处被毁坏。1942年8月，日军从临川撤离后，临川城区及周边农村瘟疫流行，大批返乡难民染病，数以千计百姓死亡。临川天主教会广泛筹集资金、药品，配合"江西国际善后救济委员会临川分会"，通过爱德诊所免费为难民治病施药，挽救了许多民众的生命。

1985年，抚州圣若瑟大教堂被列为市级重点文物保护单位。同年10月，圣若瑟大教堂开始进行修葺，1987年11月全面竣工，并于12月8日举行复堂仪式。这栋充满异国风情的建筑，现在不仅是抚州天主教活动中心，也是文昌里历史文化街区重要景点之一，更是抚州一处重要的红色纪念遗址。

2022年，圣若瑟大教堂入选全省首批"五好"宗教活动场所。

萍乡

自慧法师义救林育英

◎萍乡市安源区民族宗教事务局

　　林育英是中国共产党早期领导人之一，也是著名工人运动领袖。1922年2月，林育英在武昌由恽代英、林育南介绍，加入中国共产党。出于对敌斗争的需要，他曾使用过不少化名，其中使用最多、历时最久的一个名字是"张浩"，在他生命的最后时刻，用的也是这个名字，而这个名字的来历与他在安源古刹慈云寺的一段经历密不可分。

　　慈云寺位于安源区安源镇十里村扎脑坡，始建于清乾隆年间（1736—1795）。1923年6月，林育英化名"林仲丹"来到安源，和刘少奇一起领导安源工人运动，在此期间结识了慈云寺住持自慧法师，自慧同情矿工的遭遇，支持罢工，他与林育英非常投缘。在自慧法师的影响下，慈云寺弟子心存"天下兴亡，匹夫有责"的民族情怀，同时秉承着佛陀"报国土恩、报众生恩"的慈训，"上马杀敌，下马学佛"，积极投身到反军阀战争的洪流中，还成立了"僧人自卫队"。

　　1929年，林育英再次到安源领导党的工作。8月中旬，湖南军阀何键和江西军阀相勾结，命令大批军警突袭安源。白色恐怖下，为掩护身份，林育英隐姓埋名，藏身在慈云寺，化装成和尚继续坚

慈云寺

持革命斗争。白天，他与众僧一道吃斋念佛，砍柴种地，夜里下山串联革命同志。

3个月后，由于叛徒告密，敌人到慈云寺抓捕林育英，自慧法师不顾个人安危，掩护林育英躲过了敌人的搜捕，自己却被敌人带走。凶残的敌人对自慧严刑拷打，始终没能从他口中得到需要的情报，最后将他押至萍乡杀害。

林育英脱险后，以和尚装束作掩护，芒鞋破钵，一路化缘乞讨，历尽艰辛，终于找到了党组织。当他得知自慧法师为了掩护自己而牺牲，十分悲痛。为纪念这位恩人，他决定将自己的名字改为"张浩"：姓张，是因为自慧俗名为张仲华；名浩，意指革命的洪流浩浩荡荡，势不可挡。

1942年3月6日，张浩因病在延安逝世。3月9日公祭仪式后，毛泽东、朱德、任弼时、刘少奇、徐特立等中央领导人亲自将棺材抬到桃花岭上安葬，这是毛泽东一生中唯一一次执绋抬棺。毛泽东为他题写挽联："忠心为国，虽死犹荣"，并题写墓碑"张浩同志之墓"。当天，《新华日报》还发表了《悼张浩同志》的社论，对张浩一生的贡献和功绩，给予高度评价。

清泉山寺的地下联络站

⊙莲花县民族宗教事务局

古寺竟成联络站，革命志士呈其间。

引路导航功劳在，星火曾著西坑庵。

清泉山寺，又名西坑庵，位于赣西边陲的莲花县六市乡，始建于唐朝末年，一条古道经过这里，往北通往湖南醴陵、江西萍乡、往南通往湖南攸县。宋末谭思武藏经入寺后逐渐兴旺，清朝中叶进

清泉山寺

入鼎盛时期,终日香烟缭绕,朝客如涌。革命时期,清泉山寺虽然地处偏僻,但因为古道交通便利,古寺成了中共地下交通站,为革命事业作出不可磨灭的贡献。

大革命失败后,蒋介石血腥屠杀共产党人,各地党组织被迫转入地下活动。1928年1至5月,莲花党组织恢复,成立了以一支枪为武器的莲花"赤色队"。湘赣边界的党组织在清泉山寺建立了一个联络站,地下党常在此地秘密召开会议,商讨行动方案。江西萍乡、湖南茶陵的党组织也经常派人到清泉山寺与湘赣边界的党组织碰头、联络。

经过党的宣传教育动员,清泉山寺的法师主动当起了联络员。交通员常常以烧香拜佛为掩护,送情报入寺,先用佛家术语与法师对上暗号,然后将情报放置在寺内"老地方"后离去。情报进了寺,法师会走出寺庙,以约定的动作提示假装在田中干活的赤色队队员有新情报,心领神会的赤色队队员便会到"老地方"取出情报。

1928年11月中旬,湘赣边界党组织负责人项积光收到湖南攸县方面的情报:彭德怀、滕代远领导的平江起义队伍,准备向南突围,转战井冈山与红四军会师,要求沿途做好接应和保障工作。

收到情报后,项积光立即通知地下党员到清泉山寺联络站召开秘密会议,研究接应和保障计划。由于准备充分,11月底,彭德怀率领的部队经太沙,过六市入西坑,再从黄桥至坊楼,一路十分顺利。此后,清泉山寺又成为湘赣边界开展革命工作的粮饷供给处之一。

解放战争时期,上级派来莲花领导革命的党组织,也曾在清泉山寺续建联络点。寺内年轻的正觉法师,受党组织的影响,加入了共产党,并成为一名优秀的联络员,为莲花革命工作作出了巨大贡献。解放后,正觉法师弃僧还俗,进入莲花县政府任职,为莲花县的发展做出积极贡献,后调至吉安地委任职。

2019年,清泉山寺重建。如今,这座历经千年沧桑的古刹焕发新的活力,是莲花县重点文物保护单位,吸引了许多游客驻足游览。

谭余保西竺寺脱险

⊙莲花县民族宗教事务局

在萍乡市莲花县城最西端的荷塘乡白竹村枫树下，有一座始建于南宋末年的西竺寺。因所处位置居县城西方，竺与竹同音，故得"西竺"之名。1934 年，湘赣省苏维埃政府主席谭余保在西竺寺经历了一场惊心动魄的脱险。

1934 年，国民党湖南省省长何键派侄子何桥保到萍乡坐镇指挥"剿共"。10 月，何桥保带着 300 多人的队伍，在内线的指引下，浩浩荡荡"进剿"棋盘山。湘赣省苏维埃政府主席谭余保正在棋盘山，听到游击队员的鸣枪示警，他立即指挥部队撤退，撤退途中，谭余保与部队失去联系，孤身闯入了西竺寺。

见到脚步匆匆的谭余保，西竺寺的香定法师忙上前询问，谭余保说自己姓谭，正被敌兵追赶，香定法师便指引谭余保躲进了菩萨宝座下的神柜内。此时，何桥保已经带着大批人马进入寺内。他们几乎把每一个角落都搜遍了，也没有找到谭余保，临走时，何桥保对着神柜开了三枪。

看到敌人远去，香定法师赶紧打开神柜，只见谭余保安然无恙地走了出来。他面带笑容地说："大师，谢谢您了！我就是他们要找的谭余保。为防止敌人再次来打扰，我先告辞了。救命之恩，容

西竺寺

后再报！"言罢，谭余保便离开寺庙寻找队伍去了。

一年多后的一个清晨，香定法师正在坐禅诵经，忽然进来一位二十出头、身材魁梧的男子，自称谭汤池，受谭余保之托来看望香定法师，并表示想借西竺寺召开一个会议。香定法师欣然应允。

傍晚，谭余保和参加会议的人员陆续来到西竺寺内，讨论到附近的湖南茶陵县大垅碉堡夺取枪支，发展壮大红军游击队的计划。

按照计划，几天后，战斗如期打响，游击队居高临下，仅用半小时就结束了战斗，共歼敌80多名，缴获各种枪支90余支，打了一场漂亮仗。

此后，西竺寺成为湘赣边艰苦的三年游击战争的指挥联络中心，萧克、谭余保、段焕竞、谭汤池、朱云谦等革命家都曾在这里战斗、生活过。如今，西竺寺已成为湘赣边红色旅游文化与青少年革命传统教育基地，那段光荣的红色往事将永远铭刻在历史上。

新余

"拥军油"的故事

⊙中共新余市委统战部

自古就有"十道九医"之说，在新余，有一种源自道教中药秘方的烧烫伤药油，在革命年代，救治了很多红军伤员，被红军亲切地称为"拥军油"。

晚清时期，束冠之年就在道教祖庭龙虎山拜师学道的张五三道长，四处云游，访仙问道，在知天命之年来到新余。他为百丈峰仙道灵气所震撼，于是驻足留下，焚香礼拜，在百丈峰的葛仙坛因陋就简，结庐而居，效仿葛洪医道双修，练武强身，耕作自足。经过几十年的不懈研炼，他根据葛洪中医秘方研制出一款对于烧伤烫伤及跌打损伤有神奇功效的药油。张五三道长用这个中医秘方为百丈峰周边方圆几十里的村民治疗疾病，深受人们的爱戴。百丈峰下的炉前村有个叫廖马里的年轻人，拜张五三道长为师，学艺四年，内修武功，外修医术，也成了当地闻名的道士郎中。

1930年10月底至11月初，毛泽东在新余罗坊主持召开红一方面军前委与江西省行委联席会议，史称"罗坊会议"，制定了"诱敌深入"的作战方针，使红军的战略战术原则发展到一个新阶段。

红一方面军中，有不少指战员在战斗中身负重伤，当时，廖马里道长也在罗坊，他主动拿出了师父传下的古方，发动群众采药熬

廖马里曾经用过的马灯和药锅

廖马里曾经用过的药碾子

药，义务为红军救治伤病员。

有一个十四五岁的小红军左脚中了枪伤，伤势严重，一直昏迷不醒。由于长时间没有得到有效的救治，他的伤口发黑流脓，甚至都生出了蛆虫。廖道长见状，二话不说，立刻给小红军清理伤口，敷上药油。他每天给小红军换药消炎，在他的精心医治下，小红军的伤口渐渐愈合，精神状态也越来越好。康复后的小红军感激不已，专程到廖家拜谢道长的救命之恩，廖道长赶紧拉他起身，还送给了小红军几瓶药油，让他随身带着，方便在以后的行军途中使用。

就这样，廖道长用他的药油救治了许许多多的红军战士，得到红军总前委和江西省委的肯定和赞誉，他的药油也被亲切地称为"拥军油"。

如今，带着红色印记的"拥军油"被代代传承，已经正式获得国家专利，同时也被新余市列入市级非物质文化保护名录。古老的道家中医秘方在新时代焕发出勃勃生机，继续造福人间。

"战地之花"在新余

⊙中共新余市委统战部

2022 年 10 月 5 日，上海劳动妇女战地服务团旧址揭牌仪式在新余市珠珊镇沙头村委会横板桥村举行。村口那块巨大的标志牌上，"战地青春 烽火玫瑰"八个大字仿佛在告诉人们，曾经有一群"战地之花"的青春在这里激荡。

上海劳动妇女战地服务团起源于上海基督教女青年会女工夜校，是在 1937 年淞沪会战爆发后，由全国慰劳总会上海分会会长何香凝女士组建的，何香凝的秘书、著名女革命家胡兰畦女士担任服务团团长。上海劳动妇女战地服务团见证了中国基督教爱国人士团结在全民族抗日统一战线的旗帜下，同仇敌忾、共赴国难的历史。

服务团成立时，团员全部来自女工夜校，包括 9 名学生、1 名教师，平均年龄不足 19 岁。1937 年 10 月 5 日，服务团出征上了前线，从事宣传、战地救护等工作。1938 年初，服务团转战南昌，第二年 4 月抵达新余，开始了在新余长达 19 个月的抗日活动。

服务团在当地住下后，立即深入群众开展调查研究，进行抗日宣传教育。她们发现少数士兵纪律松弛，抢劫老乡的东西，就想办法做工作，把东西要回来。老乡高兴地说："不骚扰百姓的抗日军队，我们乐意配合他们打鬼子。"老百姓的卫生条件差，营养又不

新余市珠珊镇横板桥村

板桥村上海劳动妇女战地服务团旧址

好，生疥疮、癞头和打摆子的很多。服务团和群众一起搞好环境卫生，还协助军医成立民群医疗所，免费为群众治病。当时，童养媳陋习严重，服务团便组织妇女识字班，教她们唱歌识字、讲授生理卫生知识，启发她们的思想觉悟。农忙时，服务团的姑娘们又和战士们一起帮助老百姓干农活，还动员附近妇女及信教群众组成洗衣队，给医院的伤病员洗涤缝补衣物……在服务团的鼓舞下，新余人民纷纷参与到为抗日前线服务的工作中。

1938 年，上海战地服务团成立党支部，在南昌与党组织接上了头，直接归陈毅领导。其间，服务团曾到新四军军部演出，东南分局委员陈毅在南昌会见服务团成员时说："你们今后的中心工作是党的抗日民族统一战线工作……我们要把各党各派、各个阶层都团结起来。"

1941 年 3 月，上高会战打响，服务团 20 多人奉命担负起打扫战场的工作。她们在没有口罩、手套和任何防护工具的情况下，仅仅用铲子和箩筐收集掩埋已经开始腐烂的尸体，一共干了 7 天，很多成员受到感染，高烧病倒。

服务团辗转苏、浙、皖、赣、湘、鄂、豫、闽等 8 省，途中不断吸收进步青年和学生参加，团员最多时达 40 人。

如今，服务团战斗过的横板桥村已成为新余市珠珊镇红色文化的重要组成部分。服务团成员的后代多次来到这里，缅怀当年抱着抗日救国理想，在战地奉献火热青春的亲人们。

景德镇

景德镇第一个党小组诞生记

⊙景德镇市民族宗教事务局

　　景德镇市区南端四公里处有座沙陀山，山麓有一弘清池，相传逢旱年可祈雨消灾。沙陀山上曾经有座庙，景德镇的第一个党小组就诞生在这座始建于南宋的古刹——沙陀庙里。

　　瓷都景德镇因瓷器闻名世界，陶瓷畅销五湖四海，但解放前，瓷工的生活却极为艰辛困苦。他们一方面受到官府、资本家和窑户老板的盘剥和压榨，另一方面，又不得不委身加入各种行帮，受到会长和工头的摆布和欺凌。

　　1925年，全国革命形势迅速发展，中国共产党看到了蕴藏在景德镇瓷业工人当中的巨大斗争力量，决定在景德镇瓷业工人中秘密开展活动，发展党的基层组织。

　　1925年夏，中共南昌支部派遣在江西省第一甲种工业学校求学的向义（向法宜）回老家景德镇开展党的秘密活动。向义以小学教员身份作掩护，通过合法开办平民夜校，在工人中广泛宣传马克思主义，结交进步青年。平民夜校唤醒了劳苦的瓷业工人，聚集了一批进步工人、知识分子，为党组织的建立打下了良好的群众基础，创造了有利的条件。

　　1926年2月上旬的一天，在通往沙陀庙的山路上，四位青年结伴而行，看上去像是到寺庙烧香，又像是采风游玩。

南山山谷之中的沙陀庙显得格外清静，由于多年战乱，民不聊生，沙陀庙不复往日的辉煌，早已破败不堪，香火凋零，仅剩一老一少两名法师苦苦维持。

四人从寺庙山门进到庙内，在一间房屋中坐下，他们分别是向义、周翰、姚甘霖以及从南昌来的刘越。他们好像是在唠着家常，实际上，

中共景德镇第一个党小组诞生地纪念碑

他们正在这里召开中共景德镇党小组成立会。沙陀庙的法师在门外为他们把风。

会议分析了形势，研究了景德镇的党的建设，以及在工人中开展运动等问题。会议推选向义任党小组长。从此，景德镇人民的革命斗争有了党组织领导，瓷工们的斗争也有了主心骨。

随着景德镇党组织的发展，党员人数不断增加，1926年6月中旬，中共景德镇党小组发展为中共景德镇支部，直接隶属中共江西地委。在中共景德镇支部的领导下，景德镇的工人运动、农民运动、商人运动、青年运动、妇女运动开展得如火如荼，党员队伍不断扩大。

中华人民共和国成立后，为纪念中共景德镇第一个党小组的成立，在原沙陀庙旧址竖立了纪念碑，纪念那段难忘的历史。

"慈尼" 彭云意

⊙景德镇市民族宗教事务局

彭云意

在景德镇市浮梁县蛟潭镇柏树下自然村，有一栋饱经沧桑的徽派古宅，这就是专门供奉文殊菩萨的寺院——文殊书院。20 世纪 30 年代，文殊书院的彭云意积极参加革命，被当地人尊称为"慈尼"。

彭云意 13 岁时就成了童养媳。丈夫病逝后，四个儿女也因贫困相继夭折，面对地主老财的逼债，彭云意孤身一人逃到离家一百多里外的九龙庵出家为尼。

九龙庵的慧觉法师告诉彭云意，当今世上有一支"朱毛菩萨兵"，专门为穷人救苦救难谋解放。在慧觉法师的影响下，彭云意走上了革命道路。

后来，彭云意回到家乡，她利用尼庵作掩护，宣传发动群众参加革命。

1934 年冬，彭云意外出化缘时遇到了一支和大部队走散的红军伤员队伍。她将伤员们精心安置在庵后约 2 公里外的大山坞中，给他们送去食物和药品。几天后的一个清晨，彭云意发现有国民党

文殊书院

军队正往庵后的大山里赶，情急之下，她急中生智，点燃了庵后的稻草堆，敲着脸盆大声喊："红军来了，红军放火烧庵了……"呐喊声惊动了村民，也给隐藏在大山坞里的红军伤员报了信，伤员们得以提前转移，躲过了一劫。

气急败坏的国民党士兵抓住了彭云意，他们用点着的香火灼烧着彭云意的身体，逼她说出红军的下落。彭云意痛得几度昏死，仍然咬紧牙关，一个字也不吐露，国民党士兵只好悻悻而去。

1938年，瑶里红军游击队改编为江西抗日义勇军第二支队，正式编入新四军序列。彭云意毅然让自己收养的红军遗孤吴青年参加了新四军，送他走上了抗日前线。临行前，彭云意一再告诫养子："谁要是欺负穷人，欺负中国人，你就是拼上性命也要和他们打到底，只有这样，你才是我的好儿子……"

中华人民共和国成立后，与养子失去联系十多年的彭云意才得知，吴青年已经牺牲在抗日前线。她没有掉一滴眼泪，只是不停地喃喃自语："打胜了，穷人得救了……"

彭云意一生爱国敬佛，行善积德，深受村民的爱戴，在她以83岁高龄去世后，晚辈遵照她的遗愿，将她的老屋改建为文殊书院。2012年，文殊书院被正式登记为宗教活动场所。

龙虎山天师府抗日逸事

⊙薛清和

　　位于鹰潭市的龙虎山，因东汉时期道教创始人张道陵在此炼丹，见龙虎二仙而得名，是道教正一派的发源地。嗣汉天师府，又称龙虎山天师府、相国仙府、天下道庭，始建于明太祖洪武元年（1368），后屡加修建，是历代天师生活起居和祀神之处，原称真仙观，建在龙虎山脚下。

　　日本发动侵华战争后，嗣汉天师府的道长们看到国家山河破碎、生灵涂炭，不禁怒火填膺，忧心忡忡。抗战中，道长们以实际行动支持抗日，积极参与各项抗日活动，多次捐钱捐物支援前线，并以嗣汉天师府的名义，写信慰问前线将士，鼓励他们英勇杀敌，表现了道教人士爱国爱乡的深厚情意。

　　1939 年，沦陷区的老百姓纷纷逃往后方避难，当时，有一批难民被安置在贵溪县（现贵溪市）居住，贵溪县县长和上清区区长号召县区民众捐资捐物帮助难民度过生活难关。嗣汉天师府的道长们闻讯，慷慨解囊，捐献银圆 1000 元、稻谷 10 担。道长们还亲自走上上清街头，积极宣传抗日救亡的意义，动员商贾、百姓出钱出物帮助难民。在嗣汉天师府道长们的影响下，短短几天，共募集到银圆 5000 元、稻谷 30 余担，还有许多衣被鞋袜等用品。道长们亲自将这批钱物送到贵溪县赈济委员会统一发放给难民。

1940 年，为了纪念抗日救亡将士，上清区建造了一座"抗日阵亡将士纪念碑"，选址在区公所对面的草坪上（今上清医院职工宿舍），碑高 10 米、宽 2 米，碑的正面刻有"抗日阵亡将士纪念碑"九个大字。立碑之日，举行了一天一夜的超度祭奠仪式，祭祝阵亡将士功垂史册、千古留名。嗣汉天师府的道长诵读祭文，念到最后一句"还我河山"时，全场肃立默哀三分钟，然后点燃祭文洒向天穹，告慰阵亡将士。

1945 年，抗战取得胜利，举国欢庆。嗣汉天师府的道长们举办了一场罗天太平大醮法事活动，持续五日六夜，以此为上清人民和全国人民祈福，庆祝抗战胜利，追奠抗敌忠魂，祈祷美好生活。

2022 年，嗣汉天师府入选全省首批"五好"宗教活动场所。

嗣汉天师府

后 记

在有关部门和同志的大力支持和积极配合下，经过一年多的不懈努力，这本内容充实、饱含深情、装帧精美的《风雨同舟路——江西宗教界红色故事》终于呈现在广大读者面前。

江西红色资源丰富，红色文化底蕴深厚，在江西气壮山河的红色历史中，江西宗教界与中国共产党同心同德、团结合作、共同奋斗，留下了很多感人的故事。但遗憾的是，虽然关于江西革命历史的书籍如汗牛充栋、不胜枚举，却没有一本专门反映江西宗教界红色故事的书籍，甚至连有关记载也寥若晨星。正是为了弥补这个遗憾，填补这个空白，我们萌发了编撰《风雨同舟路——江西宗教界红色故事》的想法，并积极付诸行动。

然而，由于年代久远，相关资料少之又少，这项工作的难度可想而知。

惟其艰难，方显勇毅；惟其艰难，更显荣光。省委统战部、省委党史研究室、省民族宗教事务局、省政协民族和宗教委员会等联合组织专门力量，面向全省征集、挖掘、整理江西宗教界红色故事，得到全省各级统战民宗、党史研究、政协组织以及宗教团体、宗教活动场所、宗教界人士的积极响应、大力配合、热情支持。很多相关宗教场所地处偏远、道路崎岖，为了获取第一手资料，2023 年 7、

8 月间，相关作者冒着酷暑，翻山越岭，到这些宗教场所现场核实细节，力求相关史实真实准确；为了给每篇故事配上效果最好的图片，相关人员克服各种困难、争取多方支持，精益求精、力求完美。从原始资料的收集整理，到编辑成稿，再到审核编排，直至最终编撰成册，大家通力配合、共同努力、默默付出，倾注了大量的心血和智慧。这本书是集体智慧的结晶，是辛勤劳动的成果，在此向所有参与这项工作的人士表示崇高的敬意和真诚的感谢。同时，这本书的编撰和出版工作，还得到了许多部门和领导、专家的关心与支持，在此，一并表示感谢。

《风雨同舟路——江西宗教界红色故事》以 11 个设区市划分篇章，共收录了 65 个红色故事。由于时间久远、资料缺乏，加上水平有限，难免存在错漏之处和缺憾不足，诚盼广大读者批评指正以便今后修订完善。

本书编委会

2024 年 7 月 1 日

图书在版编目（CIP）数据

风雨同舟路：江西宗教界红色故事 / 中共江西省委
统战部等编著 . -- 南昌：江西人民出版社，2024. 7.
ISBN 978-7-210-15606-2

Ⅰ . I247.81

中国国家版本馆 CIP 数据核字第 202495L9V2 号

风雨同舟路——江西宗教界红色故事
FENGYU-TONGZHOU LU——JIANGXI ZONGJIAO JIE HONGSE GUSHI

中共江西省委统战部　中共江西省委党史研究室
江西省民族宗教事务局　江西省政协民族和宗教委员会　编著

责 任 编 辑：魏如祥
书 籍 设 计：同异文化传媒

出版发行

地　　　　址：江西省南昌市三经路 47 号附 1 号（邮编：330006）
网　　　　址：www.jxpph.com
电 子 信 箱：27867090@qq.com
编辑部电话：0791-86895309
发行部电话：0791-86898815
承 印　　厂：南昌市红星印刷有限公司
经　　　销：各地新华书店

开　　　本：787 毫米 ×1092 毫米　1/16
印　　　张：11.75
字　　　数：180 千字
版　　　次：2024 年 7 月第 1 版
印　　　次：2024 年 7 月第 1 次印刷
书　　　号：ISBN 978-7-210-15606-2
定　　　价：58.00 元
赣版权登字 -01-2024-318